眉读文化

山一程 水一程 诗一程

眉凌文化

眉凌文化
出品

红岩梦境
美丽广安

武眉凌　马吉照　李卓曦◎著

中国致公出版社
China Zhigong Press

图书在版编目（CIP）数据

红岩梦境 美丽广安 / 武眉凌，马吉照，李卓曦著．
-- 北京：中国致公出版社，2018

ISBN 978-7-5145-1199-4

Ⅰ．①红… Ⅱ．①武… ②马… ③李… Ⅲ．①散文集
—中国—当代 Ⅳ．① I267

中国版本图书馆 CIP 数据核字 (2018) 第 011619 号

红岩梦境 美丽广安

武眉凌 马吉照 李卓曦 著

责任编辑：张洪雪
责任印制：岳 珍

出版发行：中国致公出版社 ——China Zhigong Press——
地 址：北京市海淀区翠微路 2 号院科贸楼
邮 编：100036
电 话：010-85869872（发行部）
经 销：全国新华书店
印 刷：北京温林源印刷有限公司
开 本：710mm×1000mm 1/16
印 张：15.75
字 数：132 千字
版 次：2018 年 2 月第 1 版 2018 年 2 月第 1 次印刷

定 价：59.00 元

目录

CONTENTS

序　言

遇见最美川东

习惯于沿旅行社的常规线路从一个景点到另一个景点浮光掠影式旅游的人，或许在数次去过四川之后，仍然无缘到访广安。这当然也无可厚非，因为通常被拿来做四川导游书封面的，比如省会成都、峨眉山、乐山大佛或者川西高原上的九寨沟、稻城亚丁，都不在川东。连历史上那些尽人皆知的川籍文化名人，比如李白、苏东坡、司马相如，甚至外地名人在四川的行游或客居，比如刘关张和诸葛亮，比如杜甫，也大多不在川东。

一直以来，在外省人眼中，川东相对而言，是沉默的川东。

尽管华蓥山区的风景可与那些最负盛名的超一流景区相媲美而

五华山　五华山旅游区提供

毫不逊色，尽管随处可领略最典型最具代表性的巴蜀风光和人文风情，也不缺乏同中有异、别具一格的自身特色，但是当你告诉朋友正在广安旅行，还是必须要补充一句——小平同志的故乡，否则，电话里你可能听出对方小小的意外——广安？哦，好玩吗？

不知者不怪。他们不了解广安，不知道沉默的川东有第一流的风景等待他们去遇见。

他们还不了解华蓥山，以为那不过是一处缅怀英烈、领受红色教育的地方，全然不知那莲花般盛开在高峰之巅的石林仙境造型之丰富奇丽，如同上帝遗留在人间的一座雕刻工坊；如果不亲历就无法想象在天意谷中行走半日，看过无数大大小小的飞瀑流泉后，攀上天梯深入悬崖峭壁上的幽暗溶洞，忽见白龙般的瀑布从头顶突然打开的“天窗”轰然倾泻而下，那是一种怎样的惊奇和震撼；他们不了解大山深处高峡出平湖、蓝天白云下静如处子的华蓥山天池，远离尘嚣、蕴玉怀珠的岳池翠湖，邻水御临河小三峡的“十里画廊”和富饶安详得如同世外桃源的武胜乡村……是的，川东那茫茫林海和翠竹掩映下的秀美、清凉的自然山水和田园风光一直被人低估，不是缺少美，而是缺少发现。

华蓥山石林　广安市委宣传部提供

双枪老太婆像　广安市委宣传部提供

他们不了解，广安是最勇猛强悍的巴人族支——板楯蛮的故里，广安城南的巴人石头城，是当代人以一座古城堡式仿古建筑群向神秘的土著先民的深情致意和缅怀；不知道有“西朝峨眉、东朝宝鼎”美誉的著名佛教寺庙群华蓥山宝鼎、广安区的冲相寺摩崖造像和金凤山水月观音造像、华蓥褒先寺及安丙墓石刻、武胜的千佛岩和真静书岩……在那些看起来寻常不起眼的乡野山间随时可能遇到不同年代的寺观、墓葬、摩崖石刻等历史古迹，南方建筑和雕刻艺术瑰宝寄托着前人的信仰和希望穿越千年，等待着与现代知音的对话；大良城、小良城，和重庆合川的钓鱼城一样是南宋为抵御蒙元入侵的军城，它只是更本真、更沧桑地撂荒在那里，像一个整体封存在岁月海底的巨大文物，孤独而明确地宣示着文弱的南宋王朝面临异族入侵时的坚守和气节，代表着汉民族的血性；而僻处武胜乡间的“全国罕有、蜀中一绝之军防要塞式住宅”宝箴塞，更是广安独有的建筑奇观！是的，外人想不到川东红土上还蕴藏着如此丰富的艺术和人文的富矿！

我曾多次到成都寻访诸葛武侯、杜甫和薛涛的遗迹，听着有“西南之吴侬软语”之称的软糯的成都话，尝遍大街小巷的成都小吃，“问道青城山，拜水都江堰”；我也曾同朋友驱车川藏线，过大渡河，听康定情歌，在塔公草原和新都桥一带狂拍秋色，去稻城亚丁探访藏区的神山圣湖，所以，我以为自己去过四川了，但我从没有像这次这样深入地行走川东。不错，广安，乃至整个川东，或许可以说

思源广场　唐明 摄

翠湖晚霞　范家立 摄

肖溪古镇　刘祥 画

并不在四川这册大书最光鲜的封面上，然而读书总不能只读一本书的封面吧，而哪一本书的作者，会把最日常的真实和最柔软的隐秘，急火火地在一张封面抑或前几页中吐露完呢？所以，如果你由衷地喜欢四川，愿意用心去认识、体贴、受用这个自古以来的西南天府，川东一定是不应错过的。在川东，不应错过的除了山水与人文的好风景，还有人。

我在读书笔记中抄录过民国文人——有蒋介石“文胆”之称的陈布雷先生对四川人的一段批评：“川人之颖慧活泼，实胜于他省，而沉着质朴之士，殊不多观，模仿性甚强，亦颇思向上，然多疑善变，凡事不能从根本致力，即军人官吏，亦均文胜于质，志大而气狭。”（《陈布雷日记》1935 年 4 月）以前，我曾经觉得这话是有一些道理的，但这一次广安之行让我意识到布雷先生的认识有局限。

我认识的那些广安的朋友，确乎都有着“颖慧活泼”的特长，可他们同时又有着“沉着质朴”的个性，他们就像在武胜三溪朝门院子里新酿的高粱烧酒，给我一种似曾相识的亲切感——刚入口的时候火辣辣有点“冲”，回味起来，却是和老家衡水的老白干同样的真实、倔强。他们不是那种成熟、客套、说起话来热情洋溢又滴水不漏的人，而是那种实实在在、让你愿意和他长久交往共事的朋友，正如广安的风景，一旦了解，就不愿离开——多想每个周末都能去顾县老街或者岳池文庙外的茶摊上喝半天茶，或者，赖在武胜印山公园外嘉陵江边的诗情画意里不走啊！

不说那些不为人知的私人朋友，还是看看广安乃至川东走出的那些名人、伟人吧。从第一个巡察南海的清末水师提督李准，到《红岩》中的许云峰、"双枪老太婆"那些广安籍的原型人物，从广安的邓小平，到开县（今属重庆）的刘伯承、达州的张爱萍，哪一位不是完美地集"颖慧活泼"和"沉着质朴"于一身呢？

就连本地人似乎不愿多提的那个大军阀杨森，在四川人共有的聪明颖慧之外，不也有几分川东人的骨鲠和执拗吗？我读他晚年写的《吴子玉先生游川回忆录》《吴玉帅和我》等忆旧文章，对杨氏在吴佩孚大势已去后，竟不忘旧恩，不看时势，盛情邀吴入川的作为早存几分敬意，而今亲履杨、吴同游过的广安中学、冲相寺、龙台寺等地，怀想杨氏带着文武官员来到城外的渠江码头迎接落难的北方枭雄时的盛况（杨文称当时"广安县民夙慕吴氏威名，小城万人空巷，夹道欢迎"），不禁感叹，就连这位堕入历史阴暗面的反动军阀，亦不同于见风使舵、唯利是图的一般政客，而是保持着四川袍哥的义气和不从流俗的独立人格。

距广安大桥不远、俯瞰着渠江的“杨森花园”看起来荒废已久，但后山最高的石壁上杨森题写的“惕厉忧勤”四个楷书大字依然遒劲，只是为岁月剥蚀、青苔掩盖的落款小字已经殊难分辨，今据资料抄录如下：“大中华民国二十年九月十八日晚，日本以暴力强占东三省，举国义愤，誓为国耻，奉此四字，与众共勉。杨森。”当时我兀自站在崖壁下仰着头吃力地辨识了良久，直看得眼睛湿了，血也热了。

在广安，我遇见了最美的川东。

邓小平生平馆　广安市委宣传部提供

壹　山光

华蓥山，上帝的雕刻工坊

在祖国的西南，有这样一个地方，“雪积巅顶，远望如琼瑶撒地，晶玉铺山，故名华蓥山”。读到这样绝美的描述，我立马安排了行程。

“蜀道之难，难于上青天。”遥想着李白参差的文字，我来到华蓥市。

“鸟儿飞过天空，没有留下翅膀的痕迹”，在这里引用泰戈尔的诗，不是指鸟，指的是射飞的子弹。这里，是小说《红岩》中“双枪老太婆”的根据地。

呈现在我眼前的华蓥山，像极了张家界的缩小版，我曾在《张家界，一根根石头站成山等你》一文中，写过张家界是阿凡达的故乡，而华蓥山，不仅有张家界星罗棋布的漂浮的群山、扑朔迷离的梦幻花园，更有一栋栋雕刻精美、有顶有壁的小房子——顶多为半顶，门也都半开……上帝在这里，雕刻了最接近人间的仙境。

是的，有的山，如冈仁波齐，神圣到让人顶礼膜拜，海拔 6721 米的高度，雪山圣峰，唯有朝圣者和探险家才能亲往。有的山，如武当山、骊山、花果山，山褶间塞满了历史故事、神话传说，让人的心难以清清爽爽地与大自然交流沟通。其实，我更喜欢的不是名山，而是像华蓥山这样，与人们的情感若即若离，似人间又似仙境的山。这样的山，不像珠穆朗玛峰难以攀登逾越。华蓥山 1704 米的高度，可望可攀，难能可贵的是，山虽不高，却如仙境。其仙境缘于山上的石林，简直是上帝藏在群山之巅的雕刻工坊。

人贵有责任，山也如此，所以我敬重能扛起地理坐标和疆界大旗的山，华蓥山便是这样的一座山。

四川东部，三十多条苍龙脊背一般的山脉，从盆地底部突兀地跃出地面，列出平行的队伍耸立于巴蜀天府的东部，这便是世界上最显著的褶皱山地带——川东平行峡谷。华蓥山站在三十多条龙的最西端，在地理上作为界山分隔开了川中丘陵和川东平行岭谷，作为盆地内最高峰，它还首当其冲地成为阻挡冬季冷空气的天然巨屏，

华蓥山石林　赵春宏 摄

这是它与华蓥人以及整个盆地人的感情的根。我想郭沫若先生盛推其“天下第一雄山”，应该不仅仅缘于它是四川盆地内部的最高峰，也敬于它的担当吧。

至于神仙为什么选择这里做雕刻工坊，我想古时候的人们没有现代的汽车和马路，这正迎合了神仙不喜被打扰的心境，上山的人不会太多，否则，那么多文人骚客，怎能没给华蓥山留下只言片语呢。

如果说张家界和九寨沟是姊妹篇，那么，张家界和华蓥山绝对是兄弟篇，说是双胞胎也不足为过，因为它们的山峰石林有太多的相似之处了。

景区入口处的石林，是郁郁葱葱挺立的，简直是云南昆明石林的翻版，在石林的对面，修了一座造型奇巧，轻灵飞动的云鹤楼，楼是长方形，二楼的敞轩不在正中而在一侧，轩后头的角落里又像鹤首一般高高昂起一座六角攒尖亭子，看起来真的神似一只暂时栖息在山崖上的仙鹤。云鹤楼前的小广场上正在激情上演着“滑竿抬幺妹”的民俗表演。

四个年轻漂亮的女孩和八名轿夫把上滑竿、起滑竿、颠试滑竿与喊号子呼应、打趣逗乐的过程演绎成一组赏心悦目、妙趣横生的舞蹈，幺妹在滑竿上颤颤悠悠美不自胜，年轻的轿夫挥洒着力量和激情完全不知疲倦，摄影爱好者的长枪短炮蜂拥而上，快门声“嗒、嗒、嗒”此起彼伏响成一片。导游介绍说，每年的阴历三月，年轻汉子们都要将漂亮幺妹抬上华蓥山拜佛观景，途中举行竞速赛及颠滑竿表演赛，现在，华蓥山的“滑竿抬幺妹”作为四川十大民间节日之一，已经被列为四川省非物质文化遗产保护项目。

表演完毕，身着民族服装的幺妹们跑到入口处的石林里，半隐半现在石芽中，白色的服装与青灰色的石灰岩石林，组成一幅绝版的黑白画卷，仿如仙女下凡，游客们一个个排着队争相与之合影，

滑竿抬幺妹　华蓥市委宣传部提供

我也加入了拍摄大军。第一时间沾一沾华蓥山和幺妹们的灵气，是每一个游客的心愿吧。

石林旁边，是一条人工打造的上山小路，这便是游览华蓥山石林的起点。

淅淅沥沥的若有若无的小雨，为我们的攀登增添了“湿意”，迷迷蒙蒙中看到一座天然石屋，半开的门半漏顶的屋，一半是苔藓，一半是青藤，它是亿万年雨水冲刷腐蚀风化所形成的自然小屋。躲进小屋内避雨，真是心醉神迷，想起了儿时的躲猫猫游戏，也想起了许仙和白娘子。

石屋内有一天然壁画，酷似一心形的流水痕迹，原来，这真的是爱的小屋啊！

孑然兀立在竹林边的这颗上大下小的怪石像个什么呢？细细的腰肢上擎着一个分了几瓣的大头，是平地钻出的一支郁金香，还是神仙用以品尝琼浆玉液的高脚杯？直让人有种上前捏住它的细腰举到嘴边吮吸一下的冲动。这并非一件完全写实的作品，神仙的艺术审美和人间的大艺术家一样，“妙在似与不似之间”。

路边相去不远的这两座好像是摩崖石刻中常见的神龛，石头长成一个三面包围的“凹”字，顶子由密密匝匝的藤叶交织而成，只可惜怀抱里空空荡荡，内壁长满了厚厚的青苔。我猜想它们原本各自怀抱着一棵超粗超大的柳杉，树终究活不过石头，枯萎成泥，现在的藤蔓便是当年古树的子孙……

“雪积巅顶”的美景没能遇到，因为华蓥市是四季分明的中亚热带湿润季风气候，我来的时节不巧，但欣遇“雪山城堡”景观。各种不规则的石柱、石芽以千姿百态的形状扎堆在一起，重重叠叠错落排列得像古城堡，而且此处的石柱石芽表面晶莹雪白，没有地衣、青苔。这一奇景的来历要从华蓥山的地质说起。在距今2.8亿年前的二叠系，华蓥山地质景区为海洋，沉积了400—600米的石灰岩，石林就是经风化溶蚀的石灰石残留岩体而形成，这种地貌就属于非常典型的喀斯特地貌，而雪山城堡则是喀斯特聚团景观。

在雪山城堡里，我居然看到了远古生物蛛网珊瑚化石，再往前走，居然又发现了海百合化石……时间倒回去7000万年，我这就不是在爬山了，我这是在游海底世界啊！

眯上眼睛，我仿佛穿越到了远古的海洋，古生物都从石壁上走下来，有红的珊瑚、紫的婴鹅螺、白的扇贝，哦，是不是也有如贵州那样长达几十米的鱼龙呢？因为地壳运动，它们鲜活的生命就这样定格在了石壁上。地壳运动，有没有人为的因素呢？当

华蓥山树抱石　赵春宏 摄

刘祥 画

华蓥山雪景　陈云栋 摄

华蓥山雪景　广安市委宣传部提供

今人们深挖狂采，日积月累会不会引起地壳运动呢？忽然想起近日看到的一则报道：7月10日至12日，南极冰山脱落，南极冰架稳定性下降，其他冰山很可能随之“离开”……睁开眼，我感觉自己出了一身冷汗。

到华蓥山，形形色色的古生物化石让我大开眼界，也算是重游了一次远古的海底世界。但还有更好的事情呢，那就是美食。走在人工开凿的栈道上，随手可摘野猕猴桃、野桑葚、野樱桃……野猕猴桃是最多的，比我们在超市买的猕猴桃略小些，像我老家衡水的婆枣般大小，但吃起来要比平日吃的甜多了。有人说猕猴桃是新西兰的特产，殊不知2000多年前，李时珍的《本草纲目》里就有记载：其型如梨,其色如桃,猕猴喜之,故名猕猴桃。这是世界上最早的记载，新西兰1906年才从我国引进种子，不过人家已发展成为世界上最大的猕猴桃出产国，这是值得我们反思的问题。

走过白色的古城堡，眼前呈现了一片绿色的世界。每一棵树的树干及枝条上、地面上，以及每一块或长或圆或扇形的石头上，都披着嫩绿的青苔，树与树之间，石头与石头之上，都有同样穿着绿色苔藓的藤缠绕着，且有绿色的胡须嘀里当啷地悬挂着。这片绿的世界比白色城堡要大几倍，方圆有二三百平方。这里，就是阿凡达的故乡吗？

在“阿凡达的故乡”，或荡秋千，或席地摆拍，或躲进绿色的石头小屋小憩。这里空气甜美清新，简直比雨后新割的青草还清香诱人。这里不是神仙居住的地方哪里还是？

华蓥山，名闻天下的英雄山，因为这石林秘境而被称为奇幻山、百色山。

华蓥山石林披绿 赵春宏 摄

刘祥　画

说到百色，忘了告诉大家红色的岩石的来历，也就是《红岩》这本书的来历了。刚才走过一片红岩，不是鲜艳的红，而是比铁锈红一些的暗红。其实这种岩石就是普通的石灰岩，并不是红色的，是因为岩石上长有一种叫地衣的红色植物才看起来像是红色的。地衣一般要在海拔比较高，而且氧离子比较丰富的地方才会生长。

刚才的绿的世界，可能是在山坳里，背阴潮湿，而罗汉长廊，由于处于风口处，岩石风化得比较厉害，居然把一块块石头风化成了十八个大肚罗汉，这肯定是上帝的作品。都说罗汉肚里装着幸福，大家都争相摸了摸罗汉的肚子。这个华蓥山，不仅是百色，也是百态啊！

其实华蓥山植被种类很多，有裸子植物、被子植物、蕨类植物共132科1235种，其中野生药材750余种。水杉、鹅掌楸、杜仲、紫荆、红椿、银杏等属省级、国家级保护的珍稀植物，杜仲、天麻、首乌等100余种药材极为珍贵。另有桑、桃、李、杏、梨、柑橘、樱桃、板栗、厚朴、茶、漆树、花椒等经济树种万千。

峰奇、石怪、山绿、谷幽的华蓥山，还有两林两海两美景闻名，那就是石林、杉林、云海、竹海、积雪、日出。

穿过瘦身小道，突然被眼前的景色震撼：平地一石，突兀高耸，举目望去，酷似恩爱二人激情相拥，欲吻未吻。这就是“千年一吻”了吧。虽然之前看过了许多栩栩如生的写实雕塑，无数若有所指又不甚了了的写意作品。但是，当这两个站在石林上方的石人——传说中的幺妹和巴二哥，就这么活生生地出现在面前的时候，我还是被上帝的鬼斧神工震撼了，然后又被那千年之吻和千年吻不到的深情逼出了眼泪。是的，这一组雕塑，从一个角度看是吻到了，稍移三五步看，确实没有吻到，只有巴巴的渴望了。

这对从古海里地球发怒那一刻就定格了的恋人，任凭岁月之风吹走他们一层层的衣袂甚至皮肤，只要心还在，他们便永不放弃。

上前轻轻抚摸着两个人的脚，华蓥人挂在嘴边的幺妹和巴二哥的传说，真是显得幼稚了，有你们真实的存在，华蓥山还需要传说吗？从古海中走来的你们，是“山无棱，天地合，都不与君绝”的千古传奇，

千年一吻 张远太 摄

你们的这千古一吻，把华蓥山托举成了天下第一情山……

没错，达·芬奇要有一幅永远引人遐思、让人永远琢磨不透的《蒙娜丽莎的微笑》，梵·高要留下火焰一样燃烧的《向日葵》和《星空》里满天神秘的眼睛，上帝用石头和植被在广安华蓥山的群山之巅创作了无数奇妙的雕塑作品，“千年一吻”就是他的代表作。巨匠从来如此。

华蓥山也是野生动物的天堂，即使在这细雨蒙蒙的天气里，仍然被美妙的天籁之音迷醉。那清脆的声音，是不是就是电视剧《甄嬛传》里雍正皇帝赋给安陵容的名字“鹂”发出的啊。

华蓥山森林茂密，野生动物颇多，有云豹、穿山甲、白鹭、相思鸟、红腹锦鸡等野生动物400余种，灰腹角雉、穿山甲、大灵猫、小灵猫、斑林狸、水獭、红腹锦鸡、长秧鸡等属于国家级保护动物。

喀斯特地貌送给人们最多的礼物就是溶洞，华蓥山上的溶洞更是光怪陆离，大大小小数十个，天女散花般散落在华蓥山上。现在我被带到一个洞口，从名字你便可知洞里乾坤是多么神奇：生命根源洞。

双枪老太婆造像原型 赵春宏 摄

这个溶洞，不像有的溶洞，让五颜六色的彩灯浓妆艳抹地失去了本色，溶洞里很安静，一条生命之根那么从容地从天而降，除了神来之笔，谁能想出别的词儿呢。生命根源洞，洞中有洞。走进生命根源洞的侧洞，里面摆放着当年游击队员们用过的被褥、马灯、斗篷、蓑衣；另外两个溶洞，一个是粮库，一个是弹药库。想想当年的双枪老太婆带领着游击队员，就生活在这样潮湿的地方，真是感慨万千。

走出生命根源洞，便是天坑溶洞。天坑溶洞是著名小说《红岩》中的“双枪老太婆”指挥部的所在地，全长约300米。此时雨已停歇，斜阳透过天坑撒在峭壁上，这断裂的裂隙和溶蚀地貌，是2.5亿年前的海水和雨雪风霜的作品，是天地之绝版。更让人惊艳的，是“通天大瀑布”，洞透着窗，窗连着瀑布，飞流直下的瀑布在阳光的照射下，呈现出赤橙黄绿青蓝紫落进彩池的景象，这不是大珠而是彩珠落玉盘了。宽80多米、高40多米的天坑大瀑布来自哪里呢？专家说，其源头地下暗河，是几十里之外地表层地理运动所致。地下暗河来到天坑处沿喀斯特地貌山岩纵身一跳，这一跳跳出了色彩，竟有神奇的九寨之美。只是它做了一个隐士瀑布，隐在天坑里了。

人说“奇山秀水”，上帝这么宠爱的华蓥山怎么能不分配一池荡漾的春水呢？它的名字就叫天池。

新疆有天山天池，吉林有长白山天池。天山天池倒映的是千年不化的雪峰，流传的是周穆王和西王母的凄美故事，“瑶池阿母绮窗开，黄竹歌声动地哀。八骏日行三万里，穆王何事不重来？”西王母望穿秋水最后只能望着周穆王刻下的“西王母之山”几个字长叹！

吉林的长白山天池，《中国国家地理》把它列为中国最美的五大湖时用的标题是“长白山天池，盛怒之后的平静”。远古时候，长白山原是一座火山，当火山爆发后火山口积水成湖，就是现在的天池。我想，“盛怒”两字源于火山喷发的状态吧。

华蓥山的天池早在1918年就已成为著名景点，并建成了梅林、松岗、桂园、柳堤等胜景。四川保路同志会会长蒲殿俊说：“此地四面重山，山中一池，池中一岛，岛上树木葱茏，冬日观积雪，胜过西湖优美，可与瑶池增辉。”

四川翰林、著名诗人、书法家赵熙亲笔题写了“天池传侠笔，文苑鲁诸生”的千古楹联。最有意思的是，著名国画大师黄宾虹慕名从上海千里迢迢来到天池，在此写生达半年之久，留下了“湖光山色惹人迷，国画大师醉天池”的动人故事。当时上海《良友》杂志辟专版介绍：痴生慕名天池游，旖旎风光醉心头；粼粼波光映蓝天，曲曲堤岸托杨柳；莲姑渔翁乘风归，扁舟小岛聚波头；夕阳染红瑶池水，众山入怀化吴钩。

天池有多美？它倒映着四面青山，既可以说是上帝的调色板，也可以说是华蓥山上唯一有人烟的地方。而这人烟，还是风雅人烟。

新疆天池的水像天一样蓝，那是西王母的梳妆台，真的，来到天山天池，只为那美丽震撼，没有一丝想法，也许是那潭蓝色的水水位低，也许是因为那水“静如处子”，是神的圣洁之湖。而华蓥山天池的水，却是如圆润的碧玉之色，中国人是唯一的爱玉之民族，哪个女孩子不希望拥有一块属于自己的碧玉啊！这颜色本身就有亲切感，青山倒映在绿水中，且水中多有绿岛婆娑，这样的地方，美如仙境又有人间烟火……

而长白山天池，仅那2150米的海拔，就让平原上长大的我不敢想象与它亲近玩耍。我想它的美，应该也跟新疆天池一样，属于冷艳吧。

华蓥山的天池，应该是最接地气的美，也就是一半仙境，一半人烟的美，所以得到国画大师黄宾虹的青睐。

中国总在评十大名山、五大湖泊，中国之大，未能像三山五岳那样享有盛名的山水多了去了，其实我认为，华蓥山的山水不是没被评上，而是不沾那个沽名。它把2.8亿年前的古海世界，斑斓地贴在自己的骨骼里，珊瑚类、腕足类和蜓科类化石，让人们像欣赏壁画一样陶醉在古海里；它把几千年的民族文化，收集在32处寺庙里，尽管现在寺庙已所剩无几，但皇家寺院高登山寺，见证了高登法师的预言。高登法师最厉害的便是星相之数，在一天夜晚他夜观

华蓥山天池　唐明 摄

星相，发现北斗七星出窍，便跟随当中最亮的紫薇星来到华蓥山。发现这个地方峰峰叠翠，峰峰秀美。每座山峰都犹如万头雄狮朝主峰涌来，形成了当时《山海经》所记载的“万狮朝圣之势”。他当时便断言：在三五循环后的太平盛世，必将出现这北斗七星来缔造与赞扶。当时高登法师便把这一胜景胜况禀明了皇帝李世民，李世民龙颜大悦，便顺应天意，在南方赤地依山而建了三座保江山社稷的皇家寺院。高登山寺便是其中的一座。

高登法师的预言，在华蓥山方圆八百里出现的一位伟人与众将帅，是人类的智慧难以回答的。伟人即邓小平，将帅是仪陇的朱德，开县的刘伯承，达县的张爱萍，乐至的陈毅，江津的聂荣臻，南充的罗瑞卿。把四川地图拿来用线连一下，他们的故居串起来居然就是一个北斗七星的勺状图，伟人邓小平刚好处于最亮的启明星位置，是巧合？是天意？读到这里，我终于明白为什么华蓥山不与天下山争高低荣耀了。上帝选择它做雕刻工坊，不是盲目的选择。华蓥山的气质就像它的矿藏一样，“一黑一白”，黑为煤，白为石灰岩，既普通又珍贵。是的，没有文人为华蓥山留下华丽诗篇，但是华蓥山的万狮朝圣之势，早在《山海经》里就有记载，这样的山，是出伟人出思想大师之地，岂是一般文人骚客的笔能抬起来的？

“三线”遗址：封存在大山深处的烈火青春

广安前锋区代市镇，我举起相机对准马路对面树荫掩映的乡镇卫生院拍照——斑驳的老牌子上写着“广安县梭罗卫生院”。此地原名梭罗人民公社，与世界名著《瓦尔登湖》的作者、美国作家梭罗同名，所以一下子让人感觉很文艺。

我们是来探访国营永光仪器厂（又名广安迫击炮瞄准镜厂）旧址的。据说，永光是轰轰烈烈的三线建设中落户今广安地区的十大厂之一，代号398厂。所谓十大厂，包括八个国家层面的“大三线”项目：明光、华光、金光、永光、兴光、红光、江华、西玻，以及两个四川省属的“小三线地方军工企业”燎原和长城。其中，除了西玻（西南玻璃厂）在武胜县嘉陵江边，永光在今前锋区境内，其他八大厂均在今华蓥市境内。

首先抵达的是永光厂紧邻马路边的一座三层办公大楼，我快步上楼瞥了几眼下来，有点不明就里。不过是一座废弃不用的厂房，有什么好看嘛。抱着既来之则安之的心态，继续向里漫步。不料，刚离开喧嚣的街道数十步远，走过几块农田，稍稍深入厂区一点，意境迥乎不同了——

参天的古木格外恣意、放松地向四下舒展着一条条妖娆的手臂，落了一冬的枯叶无人打扫，在地上堆积了一层，脚踩上去哗啦啦响着，像是在诉说着什么。青砖的工厂大楼，有的掀去了屋顶，剩下一座空空的框架不肯倒，兀自站着，大部分则相当完好，不过是窗户上没有了玻璃，屋瓦上也堆了一层落叶。高大的烟囱巍然矗立，依然牢固，一副年老而不服老，不服老而又无可奈何的样子。如此大片大片的厂房，错落地分布在山坳里，上有古木，下有野草，呈逐渐包围侵吞之势。房子是牢固的，当年的建筑材料和工艺都是实打实的，预备万一打起仗来，敌机投下的炸弹都不能轻易摧毁，所以在其间走着走着，就仿佛走入了姜文《阳光灿烂的日子》或者王小帅的《青红》——这两个在国际上获得大奖的著名电影，前者的

永光厂旧址　赵春宏 摄

红光厂旧址　赵春宏 摄

背景是六七十年代的部队大院，后者干脆就是“三线”子弟拍摄的老军工厂里的故事。

旧时光是回不去了，不过，徜徉在这些旧厂房之间，你也可以畅想一下未来——假如稍稍删一删疯长的古树和野草，楼房内外随便摆上几件雕塑，那眼前这个代号 398 的军工厂遗址，就会摇身一变成另一个北京的 798 艺术区（原址为国营 798 厂等电子工业老厂区）或者南京的 1865 凡德艺术街区（前身是 307 厂和晨光机械厂，更早则是江南制造局）。

永光厂最令人称奇的是四座巨大的山洞车间。它们看起来就像西北黄土高原的窑洞，当然比作为民居的窑洞高大许多，高约 5 米、宽约 7 米的四座大洞之间还有 2 米宽的小洞相连，而且它们是实打实从坚硬的石头山体中开凿出来的，洞顶向上距离岩石表面均在 30 米以上，据说即便是今天的钻地炸弹也很难从上方对其进行袭击！眼下，山洞车间租给了本地的榨菜厂做冷库，洞中摆满了储存腌菜的大缸，唯有墙上的毛主席语录还讲述着当年的壮志与豪情：“中国人民有志气、有能力，一定要在不远的将来，赶上和超过世界先进水平。”

探访过永光仪器厂的几天之后，我们在华蓥市禄市镇猴儿沟村与另一家著名“大三线”企业——国营红光仪器厂（第一厂名为“歼击机射击瞄准具制造厂”)相遇，在华蓥市的溪口镇又参观了“小三线”企业国营燎原机械厂旧址。

红光厂据说是广安地区十家“三线”企业中土地面积最大的一家，而今厂房由一家生产木门的企业继续使用。厂区坐落在山窝窝里面，较之前锋区的永光厂，环境更加清幽宜人，无须装扮，本身就宛如一个景区，交通也更为便利，南距华蓥市北至前锋区都不到十公里，而且毗邻两个著名的农业观光点——月亮坡村的黄花梨度假村和六水沟村的百万玫瑰梦幻花海。

不同于广安地区的“大三线”企业多生产高射炮和迫击炮瞄准镜、较靶镜、望远镜等精密光学仪器，燎原厂（又名五六式七点二毫米枪弹厂、四川省第二通用机械厂）主要生产的是枪弹。70 年代以后，军品任务大幅下降，“三线”企业响应国家“转军保民”的号召，华蓥山区的几家光学仪器厂联合生产的珠江牌单反相机名噪一时，而燎原厂在民品领域则延伸至气枪弹、猎枪弹和森林灭火弹等。1984 年 7 月，后来成为中国射击名将的许海峰在美国洛杉矶射落了第 23 届奥运会的第一金——也是中国奥运史上的第一块金牌，使用的就是燎原厂生产的环球牌气枪弹。

西玻厂旧址　唐明 摄

燎原厂位于溪口镇以南玛硫岩峡谷中的唐家河坝村，靠近川东著名的佛教圣地华蓥山宝鼎。一条湍急的山溪自工厂一侧喧腾奔流而下，工厂狭长而逼仄，据说是广安十家“三线”企业中占地面积和建筑面积最少的企业。尽管厂区相对狭小，职工俱乐部、职工医院、子弟校、百货店、储蓄所等配套设施一应俱全，不过如今大部分房舍已淹没于古木苍苔之下，车间厂房损坏严重，树木的虬枝像弯曲的手臂抚摸着屋顶，树干和屋顶上都长满了青苔，给人强烈的潮湿和荒颓之感。靠近溪口镇的生活区建筑保留稍好一些，有的老楼还有人居住，厂门口有个老人正站立在久雨初霁的煦暖阳光里，拿着电推子给仰卧在躺椅上的另一个老人剃头。

在华蓥市区，我们又凭吊了明光厂（又名广安高射武器瞄准镜厂，代号国营第 338 厂）旧址，在华蓥山天池畔，我们驱车穿行过华光厂（又名广安光学零件厂，代号国营第 308 厂）的旧厂区……

俱往矣！广安地区（主要在华蓥山一带）十家“三线”企业，当年共占地 3658 亩，建筑面积近百万平方米，总人口 4 万余人。如今，工人已随工厂去，此地空余旧厂房，空余古木苍苔下一片片盛宴散去、繁华不再的废墟之美。我有幸细细打量、端详过一番的永光、红光、燎原，以及我走过却未及细看或者至今无缘造访的其他老厂区，它们大部分还静静地沉睡在广安的青山绿水间，它们是一两代人曾经燃烧的烈火青春凝固成的雕塑，又经过南方植物和潮湿空气的年复一年的涂抹、做旧，成了人与岁月携手造就的一处处环境清幽、景观奇异的摄影天堂。只不过，由于它们还不像罗马的古代废墟或东南亚的吴哥窟那样古老、著名，又大多隐居山林，躲开了交通便利的大路通衢，所以至今鲜为外界所知，并没有成群结队的游人来打破它们的静谧和苍凉。

当年为什么有如此多生产高精密仪器的企业潮水般涌向大山？是怎样的动员力量，改变了人口自然迁徙的规律，让数万人（在全国则是数百万）从大城市和沿海企业向农村和深山区逆向流动？

“备战备荒为人民，好人好马上三线。”来的往往还是最优秀的人马。数万人放弃大城市优裕的生活环境，落户广安偏远闭塞的山窝窝里，曾怀揣着怎样的激情和梦想，又曾经历了怎样的喜悦与创痛？当他们用“干打垒”的方式建造自家的土房子，当他们后来高高兴兴地搬进青砖大楼里的新家，可曾意识到预想中的战争并没有到来，而他们中的大部分人将在未来的某一天再次连根拔起，涌向城市？

他们是为什么，是在什么时候放弃了亲手缔造的家园，不约而

西玻厂旧址 唐明 摄

同地离开？就像朴树的歌中唱的，仿佛被一阵风吹走，散落在天涯。现在，他们在哪里呀？

“三线建设”始于20世纪60年代中期，是在中国腹地（东距海岸线最近700公里以上，西距国土边界上千公里）展开的一场规模浩大的国防、科技、工业和交通基本设施建设，亦是中国经济史上的一次重大的工业迁移过程，其规模可与抗战期间的沿海工业内迁相提并论。

工业要大规模离开人口集中、科研院所集中、交通运输便利的沿海地区，迁向大西南、大西北的深山峡谷、大漠荒野，当时的这一重大战略决策，是基于对国际形势和未来时局的研判：中苏交恶，北部边境紧张局势空前；南方越战（1959—1975）正酣，美帝亡我之心不死，蒋介石念念不忘反攻大陆；印度、日、韩等邻国也持敌对态度。战争的爆发，甚至可能是席卷全球的第三次世界大战，被判定必将不可避免，而且会“早打、大打”。

毛泽东同志在1964年5月进行的中共中央北京工作会议上指出，国防工业建设要同帝国主义、修正主义争时间、抢速度，对沿海工厂搬迁和三线建设要热心些，不能冷冷清清，积极性越高越好，哪怕是粗糙一点，也要赶快搞起来。

因此，必须赶在战争爆发前尽快建设好“三线”战略大后方。

资料显示，1964 年至 1980 年间，国家在三线地区投入了占同期全国基本建设总投资 40% 以上的 2000 多亿元巨资，400 万工人、干部、知识分子、解放军官兵深入大西南、大西北，建设大中型工矿企业、科研单位和大专院校共 1100 多个。在广安，十大军工企业 4 万余人，差不多占全国的百分之一，犹如全国三线建设的一个缩影，而且，中共中央西南局三线建设委员会抓的第一个重点项目就在广安，广安十大厂，多数是 1965 年开工建设的早期“大三线”企业，当年西南三线建委也是在华蓥山下召开现场会，推广华光仪器厂等广安“三线”企业开创的“干打垒”和“厂社结合”经验。因此，广安可以当之无愧地称为“三线精神”的重要发源地。

在广安“三线”建设最轰轰烈烈的十几年中，数万人从上海、北京，从省会城市昆明、成都、西安，从东北、华北的老工业基地纷至沓来，有人携家带口，也有人刚刚毕业于北大、清华、复旦、人大等名校，他们一入大山，便很少回家，不少人连乡音都发生了改变。他们与外界唯一的联络全部仰赖于一条崎岖而又漫长的公路，甚至连通信地址都被浓缩成一个个信箱代号——由于保密的原因，所有“三线”企业在地图上是找不到的……

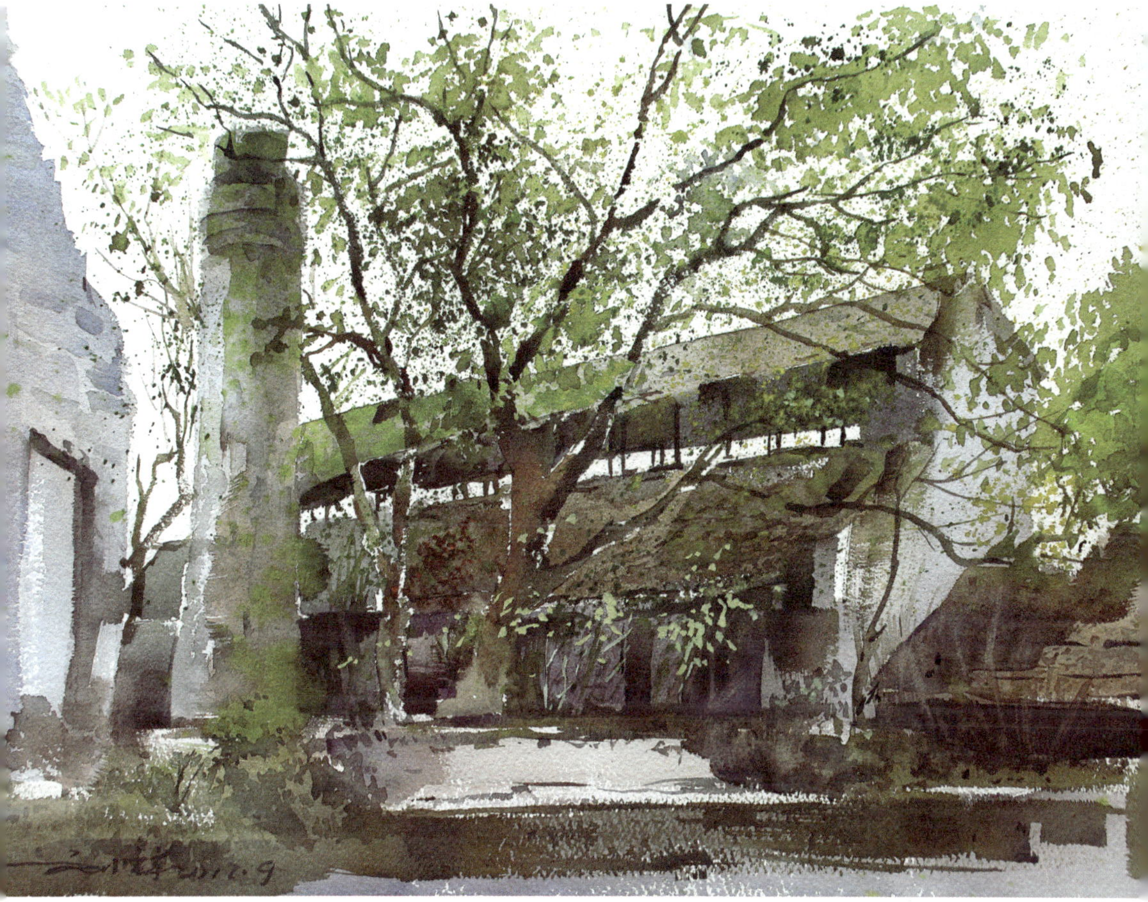

刘祥 画

“三线”企业的选址“靠山、隐蔽、分散”，原本寂寞、贫穷的山沟沟却因它们到来而热闹起来。每个企业都是一个小社会，附近村镇随之兴盛。在“华蓥在线”的网络论坛的“三线建设”版块，几大军工厂都有网友分享的历史图片和近照，许多在军工厂或附近村庄出生、长大的人在帖子里指认熟悉的地点，讲述记忆中的故事，寻找旧日的伙伴……在飞速发展的中国，大多数人已经回不到记忆中的故乡，因为故乡早已经发生了翻天覆地的变化，广安的大量“三线”企业生产生活遗迹却因地理闭塞以及特殊的历史意义，如同那种忽然沉入水底的古城一般被相对完好地封存至今，在那里挥洒过青春的人可以随时回去触摸和追忆。

此情可待成追忆，只是当时已惘然。

原先估计必将“早打、大打”的战争并没有打起来，20 世纪 80 年代初，随着国家改革开放和产业政策的调整，广安“三线”企业逐步由按计划生产军品的单一体制转为军品、民品并进的双轨体制。20 世纪 80 年代后期开始，十家“三线”企业开始相继外迁，原因据说有很多种，比如地质条件差，雨季山洪、泥石流、塌方等山地灾害频发，而平时这里的温度、湿度条件也并不适合光学加工作业，又如交通不便增加了材料输入和产品外运成本，再如国家政策的变化、技术技能人才的流失……其实何必分析罗列这么多呢，大企业生产分散隐蔽于偏僻的深山区，显然并不合乎一般经济规律，一旦战备意义消失，必然难以为继。

位于梭罗公社的永光厂，大门上曾经一度高悬标语：“挣钱吃饭，存钱搬厂。”那天，我在一栋老家属楼前逡巡，打听永光厂的故事，当地的老乡问：“你是郫县来的吧？”那是永光厂后来搬去的地方。老乡既然这样问我，说明一定是有一些出自幽谷迁于乔木的人，渡过时光之河，来看他们曾经生活过的地方。

永光厂搬迁至成都郫县是在 1990 年 12 月，搬走后先后更名为国营华西光学仪器厂、成都嘉陵华西光学精密机械有限公司。

同年，天池湖畔的华光厂去了重庆北碚。

兴光厂和红光厂后来也都去了成都郫县，时间分别在 1992 年和 1997 年。

两家“小三线”企业燎原厂和长城厂分别于 1995 年、1996 年迁往南充市……

2002 年，广安十家“三线”企业中职工人数最多、固定资产原值和年工业生产总值最高的国营江华机器厂（代号 354 厂）整体搬迁至成都龙泉驿区，后经破产改制，更名为成都青山实业有限公司。

至此，十大军工厂全部搬离广安，“三线”建设的历史大剧拉上帷幕，把曾经繁忙喧嚣的大舞台——旧厂址和老建筑们遗落在广安的青山绿水间。广安人无比珍视这段轰轰烈烈的历史，2011 年 6 月，全国第一家三线工业遗产陈列馆在这里建成开放，随后，六盘水、攀枝花等地来此参观学习，西南地区出现了多家“三线”建设博物馆。

俱往矣！历史潮头的前辈们可歌可泣、甘于奉献的精神永远令人追怀和深深敬佩，理想的燃烧与命运的浮沉令人不禁唏嘘感叹。“三线”建设创造了丰功伟绩，留下了珍贵的遗产，然而，众多优秀的企业和又红又专的建设者们在多年的奋斗、付出之后，仍然要选择把最宝贵的烈火青春留在身后，携家带口走出深山和荒野，走向城市和沿海。

五华山御景龙湖：迷失在幸福山谷

人与人有所谓一见钟情，在五华山，我才知道这种仅凭一眼瞥见一个身影便喜欢得不得了、想要留下来长相厮守的情形，人与一个地方也会有。

随五华山的“山大王”、五华山旅游度假区的熊老板“巡山”下来，看过了碧波荡漾的御景龙湖，绕过了漫坡的花海，一眼望见重峦叠嶂包围的山谷间那一幢幢整齐的居民楼，有如一首工整押韵的诗歌，缥缈的雾霭从雨后的群峰和茂密的杉树林间神秘地升腾、游走，山坡上绿草茵茵潮湿而柔软，忽然恍惚觉得眼前这画面似曾在哪里见过——对了，是著名科幻、悬疑、惊悚美剧《迷失》，剧中西太平

五华山远眺 赵春宏 摄

洋上的那座与世隔绝的小岛上那绿草茵茵的山谷也是这样远离尘嚣，也是这样安静如画，不同的是彼处孤悬世外、危机四伏，而此间毗邻都市、交通便利，是可以游览亦可以卜居的人间乐土！

邻水地貌，向称“三山”夹“两槽”，川东平行褶皱岭谷最东端的三道山脉华蓥山、铜锣山、明月山南北平行着纵贯县境，明月山中段的五华山北边属邻水，南面属于重庆市的长寿区，周边紧靠桫椤林、明月山温泉、大洪湖、泥汉坪等旅游资源点和旅游区，邻水一边的御景龙湖生态旅游资源开发区正在创建国家4A级旅游区和省级度假旅游区。据介绍，创建度假旅游区要求配套建设的内容更多，因为要满足“度假”的要求，自然比一般看看就走的旅游观光复杂得多。五华山御景龙湖不仅要吸引人来，还要人来了不想走，可以住下，度假，养老。

每人都有一个逃离都市喧嚣、卜居于山水之间的梦，可是不可能人人都到山里去买地盖房子，不但盖房子本身很不容易，城里人在农村买宅基地也是不合法的。五华山里的御景龙湖，等于是在一个离城市最近的地方选了一个风水和风光最好的去处，为众人圆这个单门独户不易实现的山居之梦。

五华山由大狮山、中狮山、小狮山、挺肚山、凤凰山五座山峰组成，故名“五华”——这个名字总是让我想起唐诗里的“五花马，千金裘”或者“朝骑五花马，谒帝上银台”。旅游区一期开发的休闲度假基地漫谷香居这一带叫作老君寺片区，面积在200公顷以上，一片蓝色屋顶的简约欧式楼房正对着那座远近闻名的老君岩。

老君岩峰顶被茂林修竹覆盖，侧面壁立千仞的悬崖峭壁上，隐隐约约可以看出一位头戴官帽手捋长髯的老仙翁的半身像，当地人谓之老君爷。不过，根据民间传说的描述，这位老君似是一位突然修炼成功的散仙——旧时曾有山民牧归至此，牛羊惊惧不前，后来牧人皆来此烧香叩拜，牲畜们通过这里时才得以来去自如。在我看来，这种倚仗自己的神通主动索取祭品的行为实际性质与拦路抢劫没什么区别，只不知是未被天庭的纪检人员发现，还是仙界本无俸禄，天条允许众神各显其能，向人间占据山头、自收自支？

老君岩下是清幽的山林休闲景观带，有游道连通到山花烂漫、鹞子岩、穿眼石、望香坡等主要景点。漫谷香居的公共区域，露天游泳池是仿照想象中的瑶池打造的，有曲池、假山、小桥、仿木的水泥栏杆，在这雾霭氤氲的阴雨天气里愈发恍如仙境。绕过“瑶池”上山，舒缓的山坡上苍翠的大海一般的松林间，是外表与大自然融为一体、内部装潢如同豪华酒店的森林树屋。

五华山景区老君爷自然景观　广安市旅游局提供

树屋根据周边栽植的不同花木各有各的名字，“玫瑰缘”小屋外，阳台的木头地板掏了个洞，两棵粗壮的油松虬龙一般从地下钻出来，树冠亭亭如盖像是为木屋撑起了巨伞，巧妙的设置既表明了景区尊重环境保护林木的决心，又体现出设计者别具一格的匠心，让小屋看起来仿佛是直接挂在了松树上；“桃花缘”小屋外，桃花朵朵红云一般染得山林与游人俱醉，此时正是桃花盛开的季节，距森林树屋不远有大面积成片的梯田，漫坡的桃花近处看艳丽，远处看壮观。

听说，这片花海一年四季是花开不断的。三月看桃花，四月看马樱花——当地俗称岩花。老君寺周边正是五华山区岩花开得最多最艳的地带。四月底至五月是开得更加热烈的映山红，五月到十一月差不多半年的时间，是雍容富丽的大丽花——当地俗称天麻花。天麻花被种植在桃树下，桃子成熟时，树上采果，树下赏花。到了冬天，百花退场后独自妖娆的是茶花。

花海这片山坡不高，以不同颜色的植物在山坡上编织成“五华山”“御景龙湖”的大字。花海与更高的山峰之间，镶嵌着碧玉一般的御景龙湖——原先大概是个什么水库，看起来湛清碧绿，接近川西黄龙、九寨沟的海子的颜色。这里是邻水县一级水资源保护地，南充市水质监测中心鉴定为富硒山泉水。硒，据说极有利于身体健康，有“抗癌之王”“天然解毒剂”等美誉，而五华山的健康之宝还不只是含硒的水，据说山上空气负氧离子含量每立方厘米高达11万个，是国家标准的40倍！

离御景龙湖不远的林间，有一片有生命、能生长的“雕塑园”，用一种叫作黑皮茶条的灌木编织成的桌椅、马、屏风、花瓶等种种造型把我们带入一个神奇的植物世界。回想起来，广安之旅中有两样植物给我留下很特别的印象，一是巴人石头城中那些在仿古建筑上参与做旧的青苔，它们让历史并不太久的建筑沧桑尽显；第二便是眼前这柔韧结实、生命力强、适合任意编织造型的黑皮茶条，它们在南方温润潮湿的天气里是寻常之物，而在我们寒冷干旱的北方，却都是园艺家们梦寐难求的天然尤物，自然也是旅行者难得一见的妙趣。

我的五华山之游，老实说，因时间和雨天关系未能深入，未能造访五华山的最高处狮寨咀，没有登千步石梯涉足五华山寨遗址，如果把这山比作一本书，那我才刚刚拜读了设计精美的封面和扉页，真正的内容还未及细读呢！尽管如此，我已深深地沉醉于那四季花开的漫山花海，巧夺天工的植物雕塑，青碧如玉的御景龙湖，苍翠欲流的林海和林海中的树屋，半坡草甸上整饬清新的楼房和露天泳

刘祥　画

池……令我一见钟情的五华山御景龙湖，真切地触动了我久藏心底的山居梦，在致她的情书里，我要这样表白自己：既然有缘翻开了你的封面，请让我细细品读你的所有诗行，今天，有一个曾跋涉过万水千山的旅人，甘愿迷失在你远离尘嚣、风景如画的幸福山谷！

五华山旅游区提供

晋谒渠江

城市是文明的地标，河流是文明的母亲。历史上，几乎每一座重要城市的兴起都离不开大河的哺育。只不过，在北方，由于河流携带泥沙多，平原易生水患，城市往往与河流稍稍保持一点距离，更主要的是，许多条昔日大河在近几十年来逐渐消瘦、干涸，依稀可辨的河流故道沦为沙地或种上庄稼，甚至完全消失于一望无际的原野，城市与河流之间在历史上曾经存在过的母子般的依存关系在人们心目中已经被淡化和遗忘。

南方不然，即使在今天的地图上，我们依然可以一目了然地看到城市紧紧依傍着江河母亲，像内脏器官紧紧依存于血脉，又像吉祥如意的葫芦结在多子多福的藤蔓上。当火车疾驰在北方的原野上，只有少数熟悉历史地理的人会暗自留意偶尔闪过的大河故道，而来到多水的南方，大多数北方人会不由自主地向所过的江河行注目礼，来自旱地的人们对大江大河有格外的新奇、崇敬、神往，这恐怕是水边的居民所未易体会的。我们羡慕水乡的居民，羡慕有河的城市。

所以，在小平同志的故乡，我绝不肯错过广安的母亲河——渠江。

渠江夜色　广安市委宣传部提供

广安市作家协会主席邱秋老师的历史文化散文集以《沉吟渠江》为书名，“沉吟”这个词用得真好，一个渠江之子在大半生里对母亲河的体贴和感悟、挚爱和感恩，对本地历史人文的追索和沉思，还能找到哪个更贴切的词语来表达吗？而像我这种匆匆客游的旅人，并无从容寻味和“沉吟”低回的时间，在广安市区的思源广场，在上游的肖溪古镇，在下游华蓥市明月镇的“渠江山水田园画廊”，以及一切有机会接近渠江的时候，在江边的那些游荡与闲坐、探访和对话，就只能叫作晋谒了。

渠江从川陕交界的大巴山南麓流出，众多支流如同庞大的根系在川东北的千山万壑中尽力吸吮、收集着山泉雨水，在达州市渠县境内的三汇镇汇合成渠江干流，然后汹涌地一路奔流，赶在嘉陵江进入长江之前，在重庆合川与之汇合。它实际上是四川盆地内最东边的一条南北大河，再往东就是川东平行岭谷了，以华蓥山脉为天然分界，三十多条“东北—西南”走向的巨龙起伏绵亘，它的走向受到这些平行相伴而行的天然巨屏的影响，也是从东北奔向西南。和其他川中方山丘陵地区的河流一样，由于随时要绕开大大小小的丘陵阻挡，它的腰身格外婀娜，总是一个河曲连着一个河曲，造就了一个又一个三面环水的半岛，千折百回，蜿蜒流转，始终不忘奔向大海的初心，又处处留下了旖旎无限的风景。

大河一定会哺育出城市的繁荣。长江那样的世界级河流，哺育出重庆、武汉、南京、上海等宏都巨镇，嘉陵江哺育了广元、南充，而广安是六百里渠江干流沿岸最重要的城市。从北宋初年秀屏山下的浓洄镇置广安军开始，虽然陆续有某些历史时期复降为县，千余年来，广安在大部分时间里是州府级的建制，是管辖周边几县的区域中心城市。我的谒见渠江之旅就始于广安市区的思源广场，这是我第一次近距离俯瞰渠江——以往到过渠江上游的两条主要支流巴河与州河，也曾在襄渝线的火车上望见过渠江而并不自知。

思源广场为纪念小平同志百年诞辰而建，既是适于休闲游赏的现代城市广场，也是一处临眺渠江的极佳之点。正像传统园林中假山凉亭的设置一样，这座广场的选址和建造是一个画龙点睛之笔，它犹如整座城市的大观景台，游人凭栏伫立，居高临下，可将城市与江流之美尽收眼底。朝向新城区的一侧，有西南地区最大的水幕喷泉，有 10 米高、40 余吨重的世界第一青铜宝鼎，以小平同志命名的邓小平图书馆也在广场旁边，整体上感觉有着一般西南山城不可比拟的开阔和壮观，传递出新城区的宏伟、现代和欣欣向荣之气；广场的东侧地形较为陡峭，上下高差约 80 米，由数百级阶梯连接城南与城北，广场下方正是浩荡而来的渠江由北向东大拐弯之处，往北可望见楼房鳞次栉比的广安老城，对面则是江水大转向形成的一个狭长的半岛。半岛上的小山叫“鹤岭”，山上林木葱茏，山头有

思源广场夜景　唐明 摄

奎阁　广安市委宣传部提供

一座奎阁，飞檐翘角，造型雄伟而灵动，晚上彩灯齐放，与岭下渠江之中流光溢彩的城市倒影交相辉映，远望去好似海上仙山，如幻如梦。

从思源广场出发，沿江向南可到小平同志的母校广安中学、国家级重点保护文物南宋白塔，向北不远则是相传为唐初大将尉迟敬德监修的兴国寺，以及昔日渠江上繁忙的东门码头。据说小平同志少年时代在广安读书时，就爱在东门这一带江面上畅游渠江，在他晚年也还曾与人谈起端午节渠江上龙舟竞赛的盛况。1988 年 6 月 16 日，当有人问起小平是否还记得家乡的这座码头时，他回答说："记得！我就是从那里坐船走的。"

1920 年的夏天某日，载有 17 岁的邓小平和他的堂叔邓绍圣、同学胡明德三人的木船从广安东门码头缓缓驶出，渠江母亲向中国、向世界贡献出了她最优秀的儿子。此后，如同滔滔东逝、奔向大海的江水，倥偬一生的小平同志再未回到自己的故乡。

人们常把饱经风霜的老人比作一本大书，那么，从远古流到当代，在川东大地蜿蜒千里的渠江，在这久远、寥廓的时空里所讲述的故事，当然不只是一座城、一个伟人。

渠江流域是巴文化的腹心之地。渠江古曾称巴江、巴水，其上游被视为正源的一条主要支流至今叫作“巴河”。这里的远古先民被视为古代巴人的一支，他们天性劲勇，善弩射，长于狩猎，因使用木板为楯，冲锋陷阵，被称为“板楯蛮”。在古书的记述中，这是一个超级勇武的族群，周武王伐纣之时，他们跳着神秘的原始歌舞奔突在前，导致本来厌战的商纣之师临阵倒戈；战国秦昭襄王时有白虎伤人千余，有板楯蛮应诏而出，射杀白虎；汉初板楯蛮屡为前锋，汉安帝时羌人入汉川，郡县破坏，“得板楯蛮救之，羌死败殆尽，故号为神兵”……

渠江的“渠”字，《康熙字典》中有一条释义是：“楯也。《吴语》：文犀之渠十行。”意思是说，“渠”就是盾，《国语·吴语》中的“文犀之渠”即刻画有犀牛纹路的盾牌。如此说来，渠江之所以叫作渠江，是不是正因它的两岸是手执盾牌勇猛陷阵的板楯蛮的故乡呢？

渠江无言，它从不对自己多加解释。然而“桃李不言，下自成蹊”，在广安市城南，有一座雄伟奇崛的巴人石头城，那是当代巴人艺术家和能工巧匠用一座地标式的建筑园林作品，向渠江流域的板楯先民、向孕育了川东巴文化的渠江母亲所表达的礼敬和缅怀。

古老的巴人已经消失在岁月的长河，渠江历经风雨、穿越和见证着历史浩浩而来……

在渠江干流的上游，至今坚强屹立在华夏大地上的最古老的一批地上古建筑精品——“渠县汉阙群”在为渠江母亲代言。那些相当于西方古罗马时代的石阙，不像中国古代一般采用的木构建筑那般易于毁灭，精湛的建筑技艺、浮雕图案和隶书铭文在经历过近两

渠江一角 唐明 摄

千年的风刀霜剑后，依旧讲述着汉朝巴人精英的勋业和德行，讲述着渠江在古老年代的富庶繁荣。

渠江进入广安后不远的肖溪古镇近旁的山崖上，隋唐时期的冲相寺摩崖造像也在为渠江母亲作证——当年殿堂众多的巨大佛寺、数千尊佛菩萨的精美造像、绵延数百年的造像工程，代表着曾经的富庶和喧嚣，它们本不会出现在今天看来普普通通的乡野之间，在隋唐以降的数百年间一定有很多人——而且是达官贵人和富商，在附近聚居或经常性地行走。渠江静水流深，无言南去，但唯它最清楚一切的奥秘！

在前锋区的小良村、大良村，在广安城北与邓家码头、老花园隔江相望的虎啸村，在华蓥市永兴镇的东安村，或紧靠渠江，或距江边仅一两公里，那些陡峭的平顶方山上残存的古城寨遗址，依旧诉说着宋蒙（元）战争期间渠江上的鼓角峥嵘和腥风血雨。渠江这条和平时期的交通动脉、财富之河、文化之河，也曾是南北军队数十年艰苦对峙、反复拉锯的主要战场，它目睹过蒙古军队草原战狼一般的凶悍和耐心，也见证了向称文弱的汉人面对强大外侮时的血性和坚韧。

说到汉人在外侮前的血性，虎啸村对岸渠江边上“惕厉忧勤”

的摩崖石刻不也是个极好的见证吗？老牌川东军阀、广安龙台人杨森在 1931 年“九一八事变”消息传来的当晚，满怀义愤地写下这四个大字，发誓将来要洗雪巨耻，警惕、自励、忧虑、勤奋，正是对后方军民最好的勉励，而当战争正式爆发，杨森立即请缨，率领 20 军从当时驻扎的贵州徒步出发开赴淞沪战场。这支号称川军中最穷、装备最差的部队，竟成淞沪战役中打得最好的中国军队之一，与装备精良、以逸待劳的日军死战五昼夜，不但守住了自己的阵地，还夺回友军所失阵地，到奉命换防时，20 军伤亡 8000 余人，一个军的兵力只剩下一旅之众。杨森后来回忆说，20 军在淞沪战场屹立如山，使他付出了生平最大的代价。他提到的那些“半生心血，一手训练，和我相亲相爱、如手如足的弟兄”，应该大部分都是渠江边走出的川东子弟吧！这些人血洒疆场、一去不返，多年以后依旧使人悲伤感慨、瞬间泪奔。我想，渠江母亲虽然没有亲见他们的最后成仁，但一定不会忘记任何一个离家未归的孩子！

在岳池县中和镇被称作“红岩湖”的这一段渠江，湖面如镜，清澈见底，微风吹来，波光粼粼，两岸绿树成荫，翠竹挺拔，好一幅水光潋滟、山色空蒙的天然图卷！这里是《红岩》中“双枪老太婆”主要原型之一——陈联诗的故乡，也是廖玉璧、陈联诗英雄夫妇最

城市新貌　广安市委宣传部提供

后的长眠之地。在那个年代，渠江两岸数不清的场镇和乡村，都是川东地下党和华蓥山游击队与旧势力不屈不挠殊死斗争的基地和战场，而沿着渠江干流上溯，州河、巴河以及那些森林根系般发达的无数条渠江上游支流，曾经哺育了川东红军游击队、强大的红四方面军和川陕根据地！

华蓥市的明月镇，人们正利用一段诗情画意的江湾，打造一条集观光、休闲、娱乐、食宿为一体的渠江画廊。走过了水运繁盛年代的热闹喧嚣，即将迎来新的美好蓝图的落实，渠江在那里正享受着过渡时期的平静安详。我曾乘坐当地“摩的”前往明月滩头，在蓝天白云下守望着澄净如练的渠江水，享受了旅途中难得的浮生半日闲。

从地图上看，明月、中和以下，渠江再扭动秀美的腰肢，跳上几个S形的舞蹈，就要告别广安市进入重庆合川了。实际上，113公里长的渠江广安段，沿途有峡谷、瀑布、岛屿、古镇、古塔、摩崖造像等天造地设的风景点，整体上就是一条风光旖旎的山水田园画廊。在高速公路和铁路的时代，日常的出行交通不再依赖渠江水路了，我期待有一天，人们在休闲的假期里可以乘坐载着歌舞载着美食的漂亮游轮，在渠江的黄金水道上从流漂荡，从州河、巴河一路领略川东的好山好水，直抵长江。

每一个作者书写广安、书写川东，都是在为渠江立传。渠江，川东北重要的母亲河，经济交通的动脉，旅行者的画廊，巴文化不灭的精魂。

但渠江不止属于川东。在地理上说，渠江是嘉陵江的支流，嘉陵江是长江的支流；放远一点看，也可以不必说谁是谁的支流，因为万水千江实属一体，都是地表水系的一部分。所有河流都在吸吮、汇聚着千沟万壑的乳汁，灌溉着下游的土地，养育着沿岸的有情众生，兑现、实施着天地的好生之德，同时，借助着神奇的万有引力，一刻不停地削高为平，体现着损有余以补不足的永恒天道。

渠江如同所有的江河一样终将投入大海的怀抱，就像小平同志那样的伟人注定归属于中国、归属于世界。广安人感激伟人的恩德，因伟人而骄傲，可是伟人乘坐渠江上的木船离家一去再未还乡这件事，在许多广安人心底似乎多少是个遗憾和心结。其实不必。就像你永远不必追问海水的故乡——事实上，海水也会以某种方式回到它的故乡。就像来自北方干渴之地的旅人前来晋谒渠江，所谒见的也并不只是渠江。

明月镇渠江春景　华蓥市委宣传部提供

千里嘉陵
最美武胜

号称“嘉陵明珠”的武胜县城楼房林立，俨然有城市气象，超出了我对这个在北方没怎么听说过的普通四川县城的想象。不过，再一想也并不足怪，此地至迟从蒙古征讨合川钓鱼城时设武胜军算起，经嘉陵江这样的大江大河七百余载的哺育，自当生长出一种普通县城不可比拟的非凡气度来。

本来，长江支流中流域面积最大、流量和长度雄居第二的嘉陵江所哺育的城市可以有更大的气度。也许，由于武胜只是地处南北向的“黄金水道”，而不像南面的合州（今重庆合川，自南北朝至民国初年，合川一直是“州”而非“县”）、北面的果州（今南充）

那样同时又兼连通东西方向的陆路枢纽，所以尽管同在嘉陵江边，分享舟楫运输之利，武胜县治几经迁徙，千百年来基本上却始终维持着一个县城的规模。这种长久的矜持内敛使得这座小城如同一个可享上等福却主动放低身段而仅享下等福的人，低调行事换来的是身心自由和气定神闲的悠然自得，但是它的历史和底蕴在那里，令旁人不敢小觑。

当我沿着被称作“龙女湖”的这一段嘉陵江一路驱车进入武胜城区，看到左有碧绿如带、奔流不息的嘉陵江，永寿寺所在的半岛像个尖尖的鱼嘴深入到江中，右有壁立千尺、竹木掩映的印山公园，山崖下的仿古长廊和茶馆里在大白天里熙熙攘攘，透出一派太平盛

嘉陵风光　广安市旅游局提供

世的祥和气象，忽然有一种内心被惊艳到的感觉：这个地方有城市的繁华和便利，有旅游景区的自然江山之胜，甚至还充溢着一种只在即将消失的那些场镇老街方能感受到的世外桃源式的悠闲气息。这是一个让人来了就想住下不走，走了还会永远怀念的画面，不妨直言，在广安的数日行走中，嘉陵江畔的武胜是给我印象最深、内心最为偏爱的地方之一。

我想，武胜如若真有一份特别的悠闲气质，大概也是拜滔滔的嘉陵江水所赐。宋人程泾描述同样位于嘉陵江滨的果州（今南充）

嘉陵风光　武胜县旅游局提供

风俗时曾如是说："当舟车往来之衢，民喜商贾而怠穑事。"也许，在这些占据嘉陵江"黄金水道"的水陆重镇，商业经济发达，人们来钱的路子多，理应比传统农耕地区的人们更懂得享受生活吧。

据说嘉陵江边常见的生活方式是这样的：早上在江边散散步，微微出点汗，踱到小吃铺，来一碗豆花饭或者武胜专属的麻哥面、猪肝面。高粱酒是武胜人的特产和至爱，不少中老年人早餐也要喝两口——我一直觉得，早上能喝二两小酒的悠闲那才是真的悠闲，夜晚蹲在马路边吃烧烤灌啤酒那是大忙人无奈的消遣和发泄。武胜

刘祥　画

人在江边啜饮着小酒，掏出手机开始大声地呼朋唤友，一张桌子上本来坐着两三人，不知不觉间已经变成了一桌人，吃酒的吃酒，饮茶的饮茶，上来两碟永寿寺豆腐干做零食，龙门阵一直摆到中午，这才开始吃正餐硬菜。

正餐硬菜就愈加非同凡响了。

以牛的嘴巴、尾巴、牛鞭为原料，配以当归、沙参、枸杞等中草药十余味，土砂罐慢火煨炖六小时以上，相传有固本保肾、强身健体之效，此之谓“三巴汤”；取仔母猪的输卵管、仔公猪的睾丸为原料，佐以配料数十种猛火爆炒而成，色泽鲜艳，十里飘香，此即俗称“太子”，雅称“英雄会”（阴雄会）者也；嘉陵江中的大眼泡、船丁子、骨牌鱼、小鲫鱼、小鲤鱼等十余种小个子江鱼，或黄焖，或干烧，或红烧，或煎炸，鱼肉鲜嫩，骨刺酥软，直冲味蕾，绕舌三日而不绝，其名曰“渣渣鱼”……这些牛杂、猪杂、小鲜鱼如果还嫌不够，可以转换战场，上沿口半边街吃牛肉去。被列入广安市非物质文化遗产保护名录的“马家牛肉”是20世纪三四十年代由武胜回民马识周和白崇禧的厨师长共同研制的，肉色紫红透明，麻辣焦酥，享有“杯前皇后”之美誉。当然，沿口古镇卖牛肉的人家多得是，本地资深的老食客们的舌尖味蕾各有各的钟情。

三巴汤　武胜县旅游局提供

英雄烩　武胜县旅游局提供

武胜段的嘉陵江，还是广安端午赛龙舟的传统保持最好、赛事最盛的地方。

“端午不过，龙舟要划。”对龙舟竞渡的超高热情似乎从另一个侧面体现了武胜人热爱生活的好兴致。武胜江宽水阔，水流舒缓，为龙舟赛提供了绝好的天然水域。“中国·四川嘉陵江龙舟旅游文化节”是经四川省旅游局批准的嘉陵江流域唯一一个地方性节日。每到端午，数以十万计的人群黑压压围在嘉陵江两岸观看表演，在武胜，端午节已成为继春节之后的第二大节日。

中国·四川嘉陵江龙舟旅游文化节盛况　唐明 摄

武胜县城　姚毅 摄

如果说城市气质若有若无，有赖于个人感受，那么旖旎如画的嘉陵江风光一定是大家有目共睹的。1878年，近代著名学者王闿运自湖南赴成都执掌尊经书院，过嘉陵江时，在日记中写下这样的评价：“嘉陵江色蓝碧，余所见天下水此为最丽。”

“天下最丽”的嘉陵江在武胜境内117公里，当地有“千里嘉陵，武胜最长”的说法，从地图上看，武胜境内百余公里的嘉陵江千折百回，河曲众多，也许，这是因为江水留恋武胜的风光和人情，徘徊不忍离去吧！今天，我们应该感谢嘉陵江的多情，因为它的每一次徘徊，都给武胜留下了一个身姿曼妙的河曲地带，留下一个三面环水的美丽半岛。

千年古刹永寿寺也坐落在这样一座长长地伸入嘉陵江的半岛上，与现在的武胜县城隔水相望。人们在龙女湖边的栈道上漫步时，举目远眺，都不免被对岸林木丰茂的小山上巍峨高耸的这座红墙古刹所吸引，心生前往参观晋谒的冲动。

始建于北宋祥符二年（1009年）的永寿寺是武胜现存历史最悠久的第一古寺，也是香火旺盛的川东名刹。它高高地矗立在正对嘉陵江的这个半岛的山巅，指示和护佑着千里航行而来的过往船舶。历史上，附近嘉陵江边三个台地上的田地300余亩全归永寿寺所有，寺内有庞大的佛教建筑群：天王殿、弥勒殿、地藏王殿、观音殿、大雄殿、藏经楼、大小经堂和斋堂、客堂等共计两千余平方米。千年以来，永寿寺周边陆续修建起一些梵宇琳宫，千佛岩寺、石佛寺壁立于危崖之侧，白鹤观、观音寺耸立于山巅之上，龙伞寺隐藏于翠竹之间，加上沿口古镇的寿佛殿、川主庙、禹王宫等，永寿寺雄踞于众多庙宇之中，始终是最为巍峨庄严、最受四方信众景仰的一座。

据当地朋友介绍，“文革”中已经作为大队食堂的永寿寺未能幸免于浩劫，寺内佛像、碑碣、匾额，以及被列为四川省重点保护文物的千年壁画被毁，甚至有两个叫作“天南海北战斗团”和“临联”的造反组织，声称寺内藏有秘密地道和电台，用炸药炸毁了大殿下

永寿寺 唐明 摄

用来安放僧尼尸骨的几平米大小的地下室。后来，天王殿因年久失修垮塌，大雄宝殿被县财政局拆毁改建了办公楼。

现在的永寿寺是2004年重建完工的，自1994年国家归还庙产，集资重建永寿寺，工程用了十年。而今千年古刹壮观重现，楼台亭阁，布局精妙，建筑内外，精雕细镂，金碧辉煌。大雄宝殿内的白玉如来宝佛是自缅甸请来的，庄严肃穆；透明的雕花石香炉，精巧绝伦，令人印象深刻。寺庙外古木参天，翠竹依依，与翡翠般的嘉陵江构成一幅自然和谐的画卷，当寺中晨钟暮鼓声响起，天地间充溢着无限的优美与恬静、无限的奥妙与庄严。

嘉陵江的东岸，与永寿寺遥遥相对的印山公园内，有刻于北宋嘉祐年间（1056—1063 年）的千佛岩造像。这里原先也是有寺的，据史料说，原有庙宇在 1950 年被沿口区公所拆毁，移去修石桥乡人民政府，千佛岩前建立了一家红旗坎酒厂，佛像则在“文革”中被损毁殆尽。

现在的千佛岩下，一座仿古寺庙的建筑依山崖而建，将岩壁佛像保护起来。庙墙上挂着县佛协千佛岩活动点管委会的牌子，并新塑了几座精美的鎏金佛像，显然已经恢复了进香拜佛的活动，是一处生机勃勃的道场。这里造像规模不比那些著名的大石窟寺，只有一面山崖，但进入庙门，抬头一眼望见整面山崖上密密匝匝雕满了大小佛像，而且大多栩栩如生，十分精美，感觉还是相当震撼。

造像分上下两龛，上方居中雕的是“西方三圣”，主管西方极乐世界的阿弥陀佛结跏趺坐于须弥座上，观世音和大势至两位菩萨胁侍左右，两边像蜂房一样密布无数的无首小佛像，这些佛像体量小，位置高，又风化得比较严重，不留神可能看不出来了，实际它们应是“千佛岩”之所以得名的“千佛”。

不过，千佛岩真正的主体是“千佛”下方那些造像。直观看去，下龛占据岩壁中央，造像面积、体量都更大；从内容上说，下龛造像以“华严三圣”为主，在我国寺庙常见的“横三世佛”中，主管中央婆娑世界的由文殊、普贤二菩萨胁侍的释迦牟尼佛向来是处于正中至尊的地位。神态安详地端坐中央的“华严三圣”周边，有飞天、乐伎、供养人和金刚力士，形象逼真，各具形态，整体比例亦匀称自然，堪称艺术精品——只是不知有多少是幸存的宋代原作，有哪些是20世纪组织修复时当代雕塑师的贡献。

千佛岩 唐明 摄

除了一座巍峨矗立于江中半岛高处、可能有着宗教和地标双重意义的千年古刹永寿寺，一座同样开凿于北宋年间的千佛崖，在今天的武胜县城附近，距离永寿寺不远还有石佛寺摩崖石刻，四龛共计 71 尊造像，专家据造像特征和风格判断为唐宋作品，同属华封镇的另一处插旗山摩崖造像突兀在嘉陵江边陡峭的山岩上，也被认为是始凿于唐代……凡此种种，说明这一带早在蒙元设武胜军、立定远州之前数百年的唐宋时期就已经人烟繁盛，嘉陵江上的商船和旅人已经频繁在这里停靠、驻扎，甚至安下家来，出资奉佛。

史载，武周圣历三年（700 年），合川刺史张柬之鉴于该州的新明县频遭水患，奏请朝廷将县城迁至西南距合州 110 里的嘉陵江西岸，直至宋开宝六年（973 年）东迁。这座在嘉陵江畔 270 余年的县城是不是就在这一带呢？果真如此的话，南朝设立的汉初县位置太远，蒙元设立的武胜军年代太晚，1300 多年前，武则天时期设立的新明县城正宜视作武胜建城史的开端。

天意谷：洗去凡心的拜水之路

广安归来，想起余秋雨先生入川留下的一句隽语："拜水都江堰，问道青城山。"这话说得漂亮，贴切。在川东，如果借用这句话，改作"拜水天意谷，礼佛华蓥山"也是合适的。

"西朝峨嵋，东朝宝鼎。"华蓥山宝鼎寺庙林立，是闻名遐迩的佛教圣地，而华蓥山另一侧邻水县境内的天意谷景区，虽然导游姑娘们口吐莲花般把每一处好景致都讲成了有关巴国王子的故事，但其地实实在在就是一道以水景见长的天然幽谷，气象万千、精彩纷呈的飞瀑流泉是它真正的卓异之处。在壁立千仞的夹岸高山中间逐水而上，在流水时而激进、时而沉静的乐章里忘却尘嚣、洗去凡心，才是行走天意谷最大的收获和喜悦。

刘祥　画

“仁者乐山，智者乐水。”年少时，我向往山的沉雄庄重，把自己认作“乐山”的一类，有了一把年纪，多多少少经历过一些岁月的风刀霜剑，发现内心越来越“乐水”了。是不是因为疲惫，因为坚硬和冷漠，才格外需要温柔和沉静、妥协和改变，需要——智慧？

南方北方，江海湖泽，这些年也临过许多水了，我觉得天意谷的水是不同凡响的。这里的水不止可以濯足，可以濯缨，它像佛一样，值得你去礼拜。

华蓥山作为世界最具样板意义的褶皱山脉之一，向斜成山，背斜为谷，华蓥市境内的华蓥山景区群峰耸峙，山的这一边却是郁郁苍苍的深沟大壑。一山之两侧，风采迥异，地质构造的神奇出人意料。这是高深莫测的天意。

天意谷背靠华蓥最高峰高登山，汇千

赵春宏　摄

峰万壑之水于一流，在一条约五里长的 Y 字形断裂地缝河谷内形成了无数的溶洞奇观和瀑布群，峡谷内落差 300 余米，游人一路溯流而上，始终与丰沛的流水及其隆隆的呐喊相伴。水，是南方峡谷令北方峡谷无法望其项背的巨大优势，华蓥山大峡谷所在的川东平行岭谷地区向称中国西部降水最为充沛的地区，因而这里与北方许多雄奇壮观的峡谷风光(比如北京南面著名的野三坡百里峡)大异其趣。

由于天意谷之旅始终傍水而行，故一入景区，就踏上了拜水之路。正对景区大门，迎面即是两道飞瀑。第一道瀑布地势低但是很宽，宛若巨屏突然被折断，卷起雪花万朵，数十米外烟雾弥漫，犹如仙女轻纱拂面——导游说这瀑是巴山神女化身而成，是在秦灭巴国时前来迎接退守到此的巴王子的。这听起来正是那种典型的专为景点量身演绎的传说故事。事实上，由于年代久远和记录匮乏，一切有关巴人的带有具体地点和动人情节的讲述基本上都只能姑妄听之。就在这道“飞瀑迎宾”后面的山崖上，是因水面收窄而力量倍增的“拂尘瀑”，按照景区的版本，这原是天母娘娘手中的拂尘，曾为巴王子扫除满身杀气和心中邪气的。故事虽然子虚乌有，但这拂尘确可以为远道而来的人洗去征尘和倦意，让你身净心静地与大自然展开对话。

赵春宏 摄

赵银娥 摄

看景不如听景，但是，无论文字、照片乃至摄像机的转述多么精彩，也不能洗濯、医治人疲惫、受伤的灵魂，重新赋予人勃勃的生机，大自然中这种神奇的力量需要人自己去躬行体验。所以我还是略去对沿途好景致的细致描摹，只大略地分享拜水路上最深刻的印象和心得吧。

久久相伴的隆隆水声让我心为之震动。这不是贵州黄果树那样的巨瀑之下震耳欲聋的雷音，也不是干旱的北方山中那难能可贵、若有若无的潺潺小曲，它是那种不事张扬但威风自在的奔腾，长久、坚定地维持着一股连贯稳定、绵绵勃发的中等力道。这难道不足以震撼人心吗？这种高强度的持久爆发，非有博大的视野和心胸、深厚的积淀和坚定内敛的控制力是做不到的。

“千丈瀑布”，还有悬挂在“阴阳口”外对面绝壁上的那条瀑布，都是“飞流直下三千尺，疑是银河落九天”的那种数百米高瀑。那不是喻示着凡人无法想象、无力承受的挫折与跌落吗？优雅奔流的长川在突如其来、不及闪避的晕眩里碎成一地，旁人也许以为它从此完了，交代了，可它平静、淡然地收拾好自己，在深谷中重新汇流，由于低处有人迹罕至的幽静，它比先前更从容、优雅，不时遇到山石热情的挽留，那一刻，它蓄积成潭，平滑如镜，呈现出可以媲美九寨沟海子的碧绿澄澈。

天下美景，有一种类型是享受过程式的，比如桂林山水，坐在漓江的竹筏上人在画中游，虽然途中景点亦有轻重，有分殊，但基本是差不多的审美类型，风景尽在路上，路途终点即是旅程的结束。天意谷不是。它是寻幽探秘式的，前面的旅程也舒适、受用，但大头儿在后头，艰难跋涉是为着后面有一个巨大的报偿等在那里，与那个巨大的报偿比起来，先前的一切舒适受用或艰难困苦皆无足轻重，甚至可以忽略不计——就好比人生，有人一辈子信马由缰，听任自然，并不一定要到达哪里；有人早早地目标明确，志在必得，虽九死而未悔。天意谷之游，以采第二种态度为宜，因为洞中天河不容错过。

溯流而上数公里，在看过了数不清的大大小小的瀑布和一泓泓碧玉般的清潭之后，沐浴着小雨和飘带一般从峭壁上侵来的雾霭，我在导游和当地朋友的引领下来到了整条山涧的尽头，仰面见大山裂了一条巨缝，缝中悬空有一条溶洞，有天梯傍着壁立的山崖可供攀缘而上。这就是景区的镇山之宝——三天神灵洞，天然大佛和洞中天河的所在，我此次行走的全部意义所在。

悬在半山腰的溶洞口是一个完美的拱券，看上去像是人类建造的大窑洞。实际上，这确实也是造物主烧制艺术品的一座大窑，其中造就的第一件代表作便是端坐在洞口处的石钟乳大佛。以佛的身份，他不该迎面坐在洞口，没错，留心洞外石壁上像老房子里风干的腊肉一般张牙舞爪伸出去的一簇簇钟乳石，你会发现大佛果然原本是坐在洞穴深处的——大佛虽然没有向外走动，但他外面的溶洞穹顶在地球引力亿万年的招引下轰然崩塌，才使阳光和山风直接来到了大佛的身边！这洞外崩塌了多远呢，不知道，说不定整座峡谷直到景区入口在远古年代都曾是一条带穹顶的洞穴！

唐明 摄

进入洞内，仍然是缘水而行。内部像其他的溶洞一样，有神工鬼斧、光怪陆离的种种造型令人浮想联翩，只是没有那么五光十色的灯光，显得较为原始和幽暗。我是初来，事先也没有多看介绍，看到“洞中天河”湍急地朝外奔流时，还只是联想到从前曾去的辽宁本溪水洞，并没觉得有什么特殊。我对即将见到的景象尚且毫无预感。

前方有了光亮，莫非已经走到尽头？那这溶洞不算长嘛，我想。

轰鸣声突然近了。洞天石扉，訇然中开，溶洞内一时大亮，几十米高的大瀑布像一条白龙从洞顶的一处“天窗”翻身跃了进来。

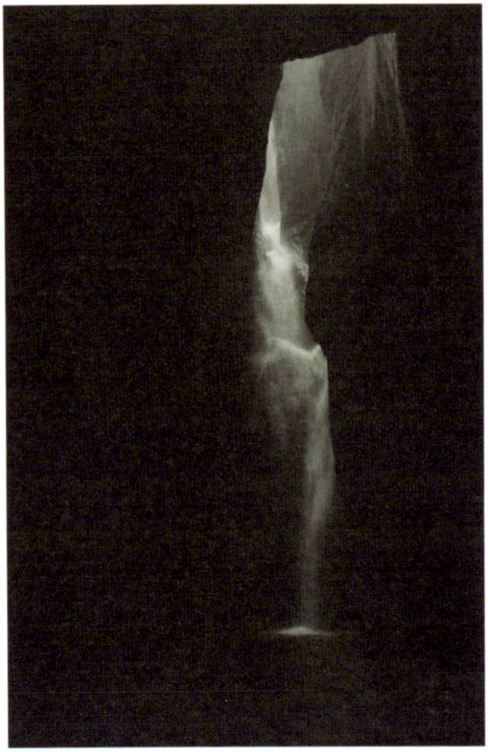

洞中天河　曹莉莎 摄

平日里阳光照进昏暗的屋子时，光柱中总会无声地飘舞着极其细小的微尘，现在，光柱与瀑布合为一体，围着它们轻盈地跳舞的不是微尘，是晶莹白亮的水雾。洞依稀还没有到尽头，只是已经没有路通向前方，瀑布在脚下积水成潭，潭水见光的部分色如碧玉，不见光的部分黝黑如墨,看上去深不可测。瀑布下已经有几个先到的游人站立在那里抬头仰望，呆呆地出神，没有人出语赞叹或者叩问，全都惊得瞠目结舌。

突然有个什么东西从我的脚下蹦到日光下的一块湿漉漉的岩石上，是一只拳头大小的蟾蜍。

我们这是跟随 Discovery 探索频道或者国家地理的野外拍摄团队

来到某处人迹罕至的地方了吗？抑或是到了某个灾难加悬疑内容的美剧拍摄外景地了？

这洞中倾斜而下的大瀑布的上边是什么？那里理应会有一个深潭或者一条河，不然这源源不断、水流丰沛的瀑布从哪里来？我很想去看看。“是一条河，”当地的朋友说，“有人家，有田地，有学校——学校空了，学生集中到更大的教学点去了。没什么好看的。”当然，说说而已，我飞不上去。不过，这上面还有人家居住吗？他们都是飞檐走壁

赵春宏 摄

赵春宏 摄

赵春宏 摄

的神仙吗？

意犹未尽、恋恋不舍地告别大瀑布，循着洞中天河来到洞口，对面黑魆魆的峭壁高山对着洞口倾斜地压过来，与拱券形的洞口合围成一个四方井口，我此刻就在井底，像方才洞中突然现身的那只蟾蜍一样。我忽然一下子明白了：我从这条竹木苍翠、处处是飞瀑流泉的大峡谷底部仰望两边高耸入云的悬崖峭壁，以为那崖上边便是绝顶，其实，这峡谷不过是一个独立而封闭的小千世界。这个大地裂缝的上面不是直通霄汉的万山之巅，而无非是东一片西一片的水田、丛丛簇簇的竹林、散布在山间的院坝和小青瓦的老房子，阴时细雨绵绵，晴日光风霁月，无非是随处可见的山区地貌和川东农村生活景象，是我进入峡谷之前所来自的那个外面的大千世界。

一切的错觉和幻想都来自这条自成单元的大峡谷。就像古代传说里的刘阮上天台和陶潜笔下的世外桃源，那些远离尘嚣而独立封闭的美景可以带给人如梦如幻的美好，一旦离开可能再难寻向前往。在这类故事中，沿途做下标记总是无济于事的，那天我怕忘光当时的感觉，特意在手机记事本里写下的几个简单的句子和词语，出来以后就再也没有读懂过。

我想，总有一天我会在梦里再次站在那道幽暗的洞中，身后影影绰绰端坐着一尊大佛，前面是直泻而下的白龙般的飞瀑，我起身跳入清澈幽暗的潭水，像条大鱼一般自由自在地畅游起来。

赵春宏 摄

岳池翠湖：远离尘嚣的川东西子

如果把川东翠湖和杭州的西湖一样比作西子，那么此西子不是被越王勾践送入吴王后宫时期那个风华绝代、千娇百媚的西子，也不是出道之前天真烂漫、清纯懵懂的那个乡村少女时代的西子，而是随范蠡大夫脱离尘网、泛舟五湖去的那个曾经沧海而今洗尽铅华的西子。

这是我在广安西北岳池县的翠湖得到的印象。如果你在城市的钢筋水泥中感到疲惫和厌倦，又担心天底下所有一流的自然美景都已经人满为患、难觅清净，那你可以来看看翠湖可否安顿你的身心。

丘陵起伏、水田潋滟的四川乡村腹地，茂林修竹掩映着八百年

翠湖 唐明 摄

前大诗人陆游曾经拜访过的岳池农家，今人驱车在田园图画中，仍能感到和宋朝一样的淳美、恬静。陆游来的时候也是春天，小山坡的青石板古道上仿佛还可以听得到放翁乘坐的小毛驴在若有若无的细雨中“嗒嗒嗒”的蹄声。岳池县城以北约 8 公里，在刚好完全忘记了尘嚣，却还不至于舟车劳顿的地方，是青山环抱、身姿窈窕的翠湖。

岳池翠湖久享“川东北第一风景湖”美誉。在广安，甚至在北面的南充和达州，说起翠湖，人们纷纷表示久仰它的鼎鼎大名，并且很多人在很多年前就曾慕名来游玩过。可是如今呢，当我们舍车登船，泛舟翠玉般的千顷碧波之上，没有看到想象中的川东名湖游

刘祥　画

船如织、生意兴隆的热闹景象，偶尔有农妇撑一叶小小的扁舟漂过，却不是寻欢的游人，而是在湖中居住、营生的当地人沉默地往来于岛上的竹篱茅舍与岸上的尘世喧嚣之间。这时节，在船上最适合抓几粒花生米，喝二两小酒，酒饮微醺，想必能如古人一样，漂荡在更无一点风色的碧水上任意东西，扣舷独啸，不知今夕何夕。

这样一个幽静的、透着几分野味的去处，和吴宫娇娃时期的西子身上的富贵气质自然是不相干的。然而，翠湖又不是一座始终默默无闻、纯乎自然的野湖，它之所以有“川东西湖”和“川东北第一风景湖”的命名，很可能得益于旅游开发之早——20世纪80年代，中国人刚刚有了旅游景点的概念，国内的许多名山大川还没作为旅游产品推出来的时候，岳池翠湖风景区已经开门迎宾，成为远近闻名的一方名胜。每逢节假日，络绎不绝的游客纷至沓来，翠湖红火着哩。

今天的翠湖不红火了，简直可谓门庭冷落。偶有不知底细的游客来看了还会心生误解："当地人想修成公园，已修好了收票的门和厕所、停车场等，可能人气不佳，都成了烂尾楼……"这是网上一位成都游客翠湖归去后直抒胸臆的写下的感想。我想，给这位网友留下"烂尾楼"印象的当不只是厕所、停车场，大概还包括了湖心岛上那几处寂寂寥寥、略显荒凉的人文景观。

浮在翠湖中间的湖心岛有三座。第一座是"尖山寺"——大概历史上曾有过一座古寺，现在并没有。可看的唯一亭、一塔，建筑说古不算古，说新也不新，都是80年代刚开发旅游时所筑，近年疏于管理，有荒废之感。不过，细看牌匾楹联上那些出于名家之手的书法题刻，就能感觉到当年这景区的品位和气象不可等闲视之。"银风塔"上那朴拙古雅的隶书，一望便知是曾任民盟中央主席、全国人大常委会副委员长的作家、书法家楚图南老先生的手笔；而"归去来亭"的横额，书写者是现代雕塑大师刘开渠。飞檐翘角、玲珑雅致的银风塔矗立于岛上的小山丘顶上，有数十级苔痕斑斑的青石阶导引而上，路旁草木葱茏，完全是不加修剪的天然状态。登塔远眺，弥望的是翠绿的湖、翠绿的山，在塔下不远处，安睡着另一座形似巨龟的湖心小岛——龟山岛的样子诙谐有趣，龟山岛的传说也蛮有意思，当地人说它是瑶池神龟变成驼背老头来人间看热闹，趴在这里喝水时忽然有小孩喊了一声“好大的乌龟呀”，被一语道破现了真身，再也回不了天庭，只好变成了一座小山永远留在翠湖上。第三座湖心岛叫“龙华山”，山上有雄伟庄严的仿古建筑群“龙华阁”，阁门两侧的盘龙石柱雕刻异常精美，是出自曾参与北京人民大会堂建设的民间老艺人李顺乾之手。阁前300余岁的“龙凤树”是翠湖一大奇观，树枝分成左右两簇，以“落叶不同时，一岁两枯荣”闻名遐迩。

网上那位外地游客不知道，他（她）在翠湖见到的那些稍显破败的旧景观、设施其实并非想建而没有建成的“烂尾楼”。翠湖作为广安最早的旅游名胜的时代，它们早已服务过无数游人了。翠湖，曾经盛极一时，而今返璞归真。正因如此，我才说这位川东西子不是天真烂漫的村姑时期的西子，而是曾经沧海之后洗尽铅华的西子。

那么，翠湖的热闹哪去了呢？我也是特意打听，才获悉了翠湖

翠湖尖塔寺 唐明 摄

像侠客般急流勇退、归隐江湖的谜团。原来，它既不是被游人厌倦、冷落，也非被后起的景区所超越，它只是有了更神圣、更可贵的担当。翠湖在旅游开展得风生水起、欣欣向荣之时，被国家选定为饮用水源保护区，不仅主动割舍旅游产业，湖区农民的风风火火的水产养殖也戛然而止。当年翠湖转为饮用水源的命令一下，为尽量弥补湖中水产养殖户损失，家家户户多多吃鱼成了沿湖各乡镇一项特殊的政治任务，党员干部自掏腰包批量买鱼，不管需要不需要，一律定额包干。翠湖，真的就像随范蠡泛舟五湖的西子，在人人都知道她天下最美的时候悄然遁出了众人的视线，或者就像今天漂亮的女主持人，突然从荧屏上消失，转型到幕后去做更重要的工作去了。

俯瞰翠湖　唐明 摄

我来到翠湖的这一年春天，翠湖不收门票，登尖山寺小岛看那些零星的几处仿古建筑，好像是有每人两块还是四块的门票，记不清了。岸边有一些垂钓的人，只要不下网打鱼，垂钓悉听尊便，是没有人管的。总之是人少、水清、山绿、水绿，安静到不能再安静，散淡到不能再散淡。仍然会有人来旅游，只是有些时候，有的人来了，会嫌它不如别的景点人气旺盛、设施完善，但是在任何人的生命里都会有一些时刻，完全不需要热闹，也无须过多的设施，而只需要一片安静的翠湖。

湖心岛的龙华阁内，有四川老书法家李半黎先生龙飞凤舞的题字“蕴玉怀珠”，我觉得这四字正是今日翠湖最贴切的写照。翠湖正好比老辈中国人推崇的那种谦谦君子，既不像商业开发的那些旅游景点那样急急火火地宣传打扮自己，一天少有人造访就会心神不宁，也不像真正的极地、雪山那般傲岸不群，拒人于千里之外。翠湖之于旅游，非不能也，是不为也。它遗世独立，遁世无闷，因为它对自己光艳的外表和清洁的质地有着足够的信心。假如哪天岳池另外寻到适宜的替代水源，翠湖重又开放旅游了，自然又会有无数新朋旧友自远方来，眼下嘛，不管外人知道不知道，来与不来，翠湖自在那里苍翠着，蕴玉怀珠，不忮不求，无忧无虑。

德政坊
正直
謙恭

小平故里：我们应该如何纪念伟人

神州大地上散落着无数的名人故里，它们像天上大大小小的星宿一般在地上熠熠生辉，吸引人们去关注、探访。然而，在这灿若星河的无数群英之中，堪称“巨人”“伟人”者却又可以屈指数得过来，他们比一般的精英人物更加卓越，并且适逢更为重大、关键的历史机缘，因而直接改变了国家和无数人的命运，甚至深刻影响到整个世界和他所生活的时代。

“名人”众多而“巨人”“伟人”罕见，所以在名人故里这一类的旅行目的地中，并没有几处可以达到小平故里这个重量级别。在许多人的心目中，来到小平故里无异于朝圣。假如要拟一份“中国人一生必去的人文景观”之类的榜单，我想，这张榜单上应该有北京故宫、曲阜孔庙、南京的中山陵，也应该有湖南湘潭的韶山冲、四川广安的小平故里。

小平同志在他出生并度过童年和青少年时代的家乡，留下了哪些足迹和故事？

小平家所在的协兴镇牌坊村本名姚坪里，1949 年后，因村口那座高大的“德政坊”而改称牌坊村。今天络绎不绝的游人可以从

德政坊　广安市委宣传部提供

2002年8月原址复建的石牌坊了解当年“德政坊”的概貌：这是一座高12米、三门四柱、三重檐的石牌坊，上方横额一面是“德政坊”，另一面书“功勒金石”，两侧门上镶嵌着“恭谦”“正直”“咏仁”“讼理”四块小石匾。

大约100米外的路边，矗立着一通高大的“诰授通奉大夫大理寺正卿邓公神道”碑和左右两座雕镂精美的石望柱，也是近年恢复重建的。

这一带，曾是清人邓时敏的墓园。

邓时敏，乾隆元年进士，曾任翰林院编修、侍讲学士、通政司副使等，他做过的最高官职大理寺卿相当于后世的最高法院院长。这是邓氏家族迁入四川广安以来出现的第一位地位显赫的大人物，著名文学家袁枚就是在他担任乡试考官时获得赏识、考中举人的，乾隆三十九年（1774年）邓告老还乡前嘱袁枚为其作墓志铭，袁为其老师所作的《大理卿邓公传》收入著名的《小仓山房文集》。

邓时敏虽身居高位，但以服丧守制和赡养老母的名义在家乡居住近20年。这位邓氏先祖遵循了中国古代士人“在朝为官，居乡为绅”的传统处世方式，居乡期间，他热心文教和宗族公益之事。因此，当邓时敏及其年幼的独子相继去世，这个曾经光宗耀祖的房支不幸

翰林院子　广安市委宣传部提供

绝嗣后，他居住多年的“翰林院子”被族人辟作学馆，成为姚坪里第一座私塾所在地，可谓是对这位显宦先祖的遗志和家族精神最好的继承和发扬。

邓时敏之后120余年后的1904年，这个家族中诞生了更为优秀的大人物，一个改变中国、影响世界的伟人，他就是邓小平。小平同志5岁时走入“翰林院子”启蒙读私塾，也就是在这座满载着家族荣耀和希冀的旧宅中，他从私塾老师那里得到了正式的学名——邓希贤。这个名字，一直用到1927年从苏联归国到汉口中共中央机关工作时改为邓小平为止，叫了20多年。而今，“翰林院子”和邓

邓小平故居　广安市委宣传部提供

氏家族养蚕缫丝的“蚕房院子”以及小平同志出生的那座普通的川东农家三合院，是牌坊村的三处国家级重点保护文物。

小平家离翰林院子不远，童年的邓小平走路上学大约十分钟可到，德政坊、神道碑、蚕房院子以及一处外形轮廓近似中国地图的清水塘俱在小平家的老宅和翰林院子之间。

小平家的老宅当地百姓称“邓家老院子”，最早的北厢房由小平的曾祖父兴建于清同治年间。1951 年小平同志担任中共中央西南局第一书记和西南军区政委期间，家人全部迁往重庆居住，邓家老宅分给乡亲们居住，后来曾经做过公共食堂、保管室，办过文化站和幼儿园。正房坐东朝西，加南、北厢房共 17 间，都是传统的穿斗式木结构平房，悬山屋顶，小青瓦，白灰墙，周围翠竹掩映。1904

刘祥　画

年 8 月 22 日，小平就出生在北厢房中，父母搬入正房后，小平出生的房间便由小平居住，直到他 16 岁走出广安，踏上赴法勤工俭学之路。现在，房内还陈列着小平睡过的木床，那是他母亲当年的陪嫁。

邓家老院子对面有一个池塘，现在叫“洗砚池”，是少年邓小平习字时磨墨洗砚、闲暇时游泳戏水之处，洗砚池后面是邓家的农田，远处是一道中间高、两侧低的形似笔架的小山。当地谚语说：“门前有座笔架山，不出文官出武官。”这话看来真的很灵验，小平同志战时指挥千军万马，和平时期治国安邦，一个人既做了武官，又做了文官。

小平故居以及邓家先贤邓时敏相关古迹，分布在今天小平故里景区的北半部，陈列馆、缅怀馆、铜像广场、纪念林等现代纪念景

唐明　摄

观多在景区的南半部。景区位于四川广安城北，经过多年的精心建设营造，如今即便单就风景而言，也已经堪称一处优美的城郊园林。由上海建筑设计名家邢同和设计的邓小平故居陈列馆是这片优美的城郊园林中的标志性建筑。

陈列馆在邓家老院子以南约一华里，建筑面积 3800 平方米，外观既有鲜明的川东民居特色，又很有现代感，质朴简洁，而又庄重大方。屋顶的设计最为当地人津津乐道：三个青瓦坡形一字排开，三叠三起，一起高过一起，最后耸立起一座丰碑。寓意小平同志人生中的“三落三起”和他不朽的丰功伟绩。这个别出心裁、巧妙设计的屋顶，让人想到牌坊村的村名也曾伴随小平同志的传奇人生而起落着，有过几度耐人寻味的变迁：1962 年，牌坊村更名为“伟人大队”，当时小平同志的职务是政治局常委和中共中央总书记——虽然当时的总书记并不像建党初期以及现在这样是党的最高领袖，但也无疑是“中国共产党的主要领导人之一”，在小平同志的乡亲们眼中已经足以称为“伟人”。可是这个名称没有保持多长时间，第二年村名又恢复为牌坊村。到了 1966 年，小平同志到了“一生最痛苦的时候”，牌坊村拆了石牌坊，砸了神道碑，村名改作“反修大队”，直到 1977 年才再次恢复了原名。

小平故里另一个使人印象深刻的非凡创意是纪念林的建设。以小平故居为中心的景区核心区占地 830 亩，除了历史古迹和纪念建筑，以及几处波光潋滟的水塘，余下的都被用来以植树的方式纪念小平同志——小平同志是全民义务植树活动的倡导者和积极实践者，全国绿化委员会 2004 年竖立的一块石碑上镌刻着小平同志的手迹“绿化祖国，造福万代”，上款是“深切怀念全民义务植树活动倡导者——邓小平”。而今，景区大部都为郁郁葱葱的树林所覆盖，徜徉在景区的青石板路上，中央和部队各大机关以及全国各省捐建的纪念林不断映入游人眼帘：北京林、上海林、广西林……宣传文明林是中宣部的，奥林匹克冠军林是国家体总的，神舟林是解放军总装备部的，航空林是中国航空工业第一集团公司的……游人寻找自己家乡或所在行业系统捐建的树林并合影留念，成了旅行中一件兴味盎然的活动。

在邓小平铜像广场，还有一些高大的银杏、水杉，每一棵树下都镌刻着植树人的名字。在其间，我见到小平同志三个女儿的名字，见到小平同志的三弟邓垦，也看到了许多党和国家领导人的名字。

一处叫作“六棵树”的小景观，是2003年“我为小平故里植棵树”活动时，小平家人从北京小平家的庭院里移栽来的。六棵树分别是白玉兰、紫藤、丁香、石榴、紫杉和连翘。我来的时候，白玉兰开得正艳。据说，晚年的小平同志总是家里第一个发现春天到来的人，当年他老人家每日坐在轮椅上，就是端详着这六棵树，等候和留意着自然界即将呈现的盎然生机吗？

走进小平故里，走过牌坊村五组那座普普通通的川东三合院，在陈列馆和缅怀馆重温小平同志波澜壮阔的生命历程，平和安静的旅程中其实也可以产生惊雷暴雨般的震撼和洗礼。

邓小平缅怀馆　　广安市委宣传部提供

大概是1919年的某个时候，小平同志的父亲邓绍昌从重庆写信给他在广安乡下的长子希贤，把从报纸上看到的赴法勤工俭学的消息告诉他，问他想不想去法国。邓老先生此举从今天家长的视角是完全无法解释的——小平还是个十几岁的孩子，毫无家乡之外的生活经验，即便他自己异想天开要出去也务必要拦下他，为什么主动送他远渡重洋？一个孩子漂洋过海到遥远而陌生的异邦去，还能安全回来吗？即便他在外国的工厂学到技术回来了，他还肯安心在乡务农吗？他甚至注定不会留在当时只有很少工业的四川工作！事实

广安市旅游局提供

上也是这样，小平同志自此一去，一生再未见到自己的父亲，也再未回到故乡。这个家庭将因此失去这个儿子，以邓绍昌的精明睿智和社会经验，他老先生对此毫无预料吗？

唯一的解释就是，这个早年毕业于法政学校，创办过新式学堂，后来当过袍哥老大和县团防局长的老辈人已经按照中国传统的观念，将自家父子与国家民族视为一体，他已经决心把家中的长子贡献给国家，去弥补自己因时代局限行之不远的遗憾，去完成自己这一辈人完不成的强国富民大业！邓家父子在作出重大人生选择的时候，是基于中国人世代相传、自觉承当的大仁大义，而完全超出了堕入精致的利己主义泥沼的现代人之思维极限。

“无念尔祖，聿修厥德。永言配命，自求多福。”西周时代的大雅诗人，已经知道人生应该往何处用力。今天，小平这样的现代伟人依然让我们时时想起《中庸》所推崇的“知（智）、仁、勇”三达德——

邓小平故居陈列馆序厅的墙壁上刻着小平同志的名言：“我是中国人民的儿子，我深情地爱着我的祖国和人民。”此种超越了乡土、家庭、个体的伟大情怀，实是他那位豁达而有远见的父亲送子出国时的初心之延续和扩充，体现的是中国文化中万物并育、天下一体的“仁”；结束“文革”的非常岁月，拨乱反正，恢复高考，是努力恢复我们这个民族的理性和常识，是看似庸常而实在高明的“知”；晚年作为中国改革开放的总设计师，在一系列理论和现实问题上的惊人创新，则既是理性和智慧，又是勇敢和担当，真正是古圣贤所谓的“勇”字。

山河、父亲、师友、书籍，足以启发理性和仁心，小平同志只管凭据自己的本心和责任坦坦荡荡勇敢去做、去行，他哪里顾得上计较福报和关心风水？

“相约广安，感恩小平。”今天，我们应该如何纪念和回报小

邓小平图书馆　广安市委宣传部提供

平同志呢？

邓家先贤邓时敏热心文教和家族公益事业，后人以他的“翰林院子”建学馆，办教育；小平同志倡导全民植树，后人就到他的出生地植树造林来响应他。这皆是古人所说的“善继人之志”。没有什么纪念方式比这更适宜，更令人感动。

夸父死后，逐日途中使用过的手杖化为邓林。小平同志留给后人的手杖，又何止“绿化祖国，造福万代”这一个。他开创的许多伟大的事业，还等待后人用比植树造林更坚实持久的努力作为去响应和担当。

血色红岩：在烈火中永生的英雄们

1961年12月出版的小说《红岩》至今已经多次再版，重印上百次，发行册数超过一千万。以书中故事为基础改编、再创作的戏曲、影视剧、连环画等各种文艺形式已经数不胜数。江姐、许云峰、双枪老太婆等英雄人物的故事，和“八大样板戏”以及《小兵张嘎》《敌后武工队》等红色传奇一起，成为半个多世纪以来共和国最具代表性的经典著作。

他们的故事家喻户晓，他们的精神感动、激励着一代又一代人。很多人小时候都曾学着双枪老太婆的样子左右开弓，“啪”“啪”两响，想象着自己在枪毙叛徒甫志高；我有好几个年轻朋友的名字就叫“红岩”，她们自己没有读过小说原著，名字来源于父母年轻时对这本红色经典的热爱。

广安，是《红岩》故事的主要线索之一华蓥山武装起义的发生地，是《红岩》中众多英雄人物原型的家乡，也是《红岩》的作者之一、老作家杨益言的故里。《红岩》之名，据说也是来自华蓥山那锈迹斑斑的红色岩石，那随处可见的红色地衣植物，被看作是华蓥山起义牺牲的烈士们几十年流不尽的英雄血。

来到广安，即进入了《红岩》及华蓥山游击队的英雄传奇的历史现场，随时可以与那段可歌可泣的红色历史相遇。

1948 年 8 月，中共川东临时工作委员会领导“西南民主联军川东纵队”发动联合武装起义的时候，在国共对峙的北方前线，决定 20 世纪中国历史走向的东北、平津、淮海三大战役正即将拉开序幕，华蓥山起义的枪声就如同阵阵春雷，在蒋介石政权的后院、毗邻战时首都重庆的西南腹地，为即将败亡的国民党反动派提前敲响了丧钟。

我们在华蓥山景区内的华蓥山游击队纪念馆看到了“川东纵队”各支队分头发动的几次武装起义的主要战况和战斗遗迹略图：

起义第一枪是8月10日至12日由第五支队在代市、观阁（今属前锋区）打响的，这支起义队伍的政委即“双枪老太婆”的三原型之一的刘隆华；

重庆地下党方面的最高领导人、川东临委书记兼上川东地委书记王璞——小说《红岩》中的“老石同志”亲自指挥了武胜县真静、石盘乡和合川县金子乡的起义；

而“双枪老太婆”三原型中的另一女杰邓惠中则参与发动了武胜、岳池边境的三溪起义；

……

华蓥山区联合武装起义以极大的声势震动了国民党政府，蒋介石亲自致电四川省保安司令部严令镇压，先后派出正规军两个师及各地保安团和警察进行清剿，起义队伍付出重大牺牲后转移至华蓥山中坚持斗争。历次战斗中，川东临委书记王璞（湖南人）、川东纵队五支队司令杨玉枢（广安浓洄镇人）、七支队政委杨奚勤（岳池余家场人）等同志壮烈牺牲。

面积2000多平方米、总投资600多万元的华蓥山游击队纪念馆陈列着游击队使用过的枪械和生活用品、相关文艺作品、题词留言、革命诗抄等，真实记录了华蓥山大起义这载入中华民族斗争史的英

华蓥山游击队英烈人物展示　华蓥市旅游局提供

勇一页。此外，在华蓥山景区号称中国第三大、西南地区最大的蜡像馆中，也辟有专门的“红岩馆”，歌乐山、渣滓洞等红岩故事的历史场景浓缩在一个空间里，许云峰（人物原型许建业为邻水人）、江姐等革命先烈矗立在高高的红岩上，栩栩如生的蜡像群雕把游客重新带入血雨腥风、风雨如磐的年代。

乘车从华蓥市前往宝鼎所在的溪口镇的途中，我们在阳和镇瞻仰了矗立在一所小学校园旁的“华蓥山游击队革命烈士纪念碑”。

华蓥山游击队革命烈士纪念碑　华蓥市旅游局提供

这个镇曾是中共岳池特支最重要的活动区域，在1948年的联合武装起义中，川东纵队第七支队300多人在岳池伏龙誓师举义，转战华蓥山途中曾在阳和碗厂整训，并在此成功阻击了围追之敌，保证了起义队伍的安全转移。另外，阳和更是抗战期间中共设在国统区的秘密纸厂所在地。1941年春，为打破敌人的封锁，周恩来安排苏国华、谢长琮、王邦藻等人来到华蓥山区在地下党员掩护下创建中心纸厂，保证了重庆《新华日报》《群众周刊》等舆论武器的用纸，被周恩来称为“地下兵工厂”。今天，阳和碗厂、阳和老街、中心纸厂等遗址尚在，而“华蓥山游击队革命烈士纪念碑”据说由当地小学推选出的“红领巾护碑队”定期清扫维护，已经坚持了十几年。

阳和镇西行不远的渠江边是岳池县的中和镇，中和镇外滚滚渠江边的官山坡上，长眠着一位渠江最优秀的女儿、“双枪老太婆”的主要原型——陈联诗。墓地周围是石砌栏杆，栏外常青的松柏郁郁葱葱，墓碑正中雕刻着隶书大字：廖玉璧烈士、陈联诗同志之墓。

青年陈联诗是一位出身名门、美貌如花的才女，与放牛娃出身的共产党员廖玉璧结婚后，夫妻双双考入南京东南大学读书。1926年，廖玉璧受党组织的派遣，携妻回到家乡岳池，很快在华蓥山区组建起第一支“华蓥山游击队”，拉开了华蓥山武装斗争的序幕。陈联诗于1928年入党，同丈夫一道组织并领导了30年代的华蓥山武装斗争。

1935年2月，陈、廖夫妇双双被军阀杨森的部下逮捕，廖玉璧慷慨就义，陈联诗出狱后曾目睹丈夫头颅被悬挂在岳池县城南门示众，这个经历与《红岩》里江姐的遭遇是一样的。此后，陈联诗带着孩子闹革命，追寻丈夫的足迹，任川东北临工委赤卫队三支队支

双枪老太婆塑像　华蓥市旅游局提供

队长，转战于岳池、武胜等县的深山老林。她领导的40多人的双枪队，左右开弓，出奇制胜，使敌人闻风丧胆，“双枪老太婆”的赫赫威名传遍西南。

遗憾的是，后来陈联诗受到不公正待遇，被强行劝退脱离中国共产党，直至病逝共写下42份入党申请书，终未实现夙愿。这位曾为革命出生入死的奇女子带着莫大的遗憾离开的1960年，《红岩》的作者罗广斌、杨益言正在重庆市委安排的两间平房里，享受着每人每晚一个小黑馒头的特殊照顾，忍受着饥饿，日夜奋笔创作着江姐和“双枪老太婆”们的故事。

1982年，《重庆日报》头版头条刊登了地下党老党员陈联诗同志平反并恢复党籍的消息。同年，陈联诗生前工作过的重庆市文联和岳池县政府共同将廖玉璧烈士忠骨与陈联诗同志合冢安葬在渠江边。由于上游修水电站，中和镇的一段渠江水位抬升，形成湖面，青翠的湖水被两岸青翠的大山包围，勾画出一幅世外桃源般的迷人胜景，因为这是陈联诗的家乡和长眠之地，湖就取名叫“红岩湖”。

武胜县白坪乡，著名的休闲农业及乡村旅游示范点，同时也是一处重要的红色教育基地。这里是《红岩》作者之一的老作家杨益言故居所在地。

杨益言1925年出生于重庆，但直到1940年到重庆北碚读高中之前，他的青少年时代相当长的时间是在故乡度过的。他大学考取了内迁到重庆李庄的同济大学工学院，抗战胜利后随学校到上海读书，1948年初，作为上海地下学联机关报的负责人和“主笔”参加反美反蒋的学生运动而遭开除。回到重庆后不久被逮捕，住进了渣滓洞集中营，因而得识江姐以及后来与他合作创作《红岩》的罗广斌。

杨益言故居近旁的《红岩》英雄文化陈列馆，以图文、雕塑相

华蓥山游击队战斗遗址存粮洞　华蓥市旅游局提供

华蓥山游击队战斗遗址藏枪洞　华蓥市旅游局提供

结合的形式，辅以声、光、电科技手段，真实生动地展示武胜新民主主义革命时期的光辉历史，我们正巧碰到某学校的党员干部面向英雄浮雕墙上的红色党旗高举右臂，集体重温入党誓词，大家高声朗读，字句铿锵，坚定而深情，令观者亦受到感染。

武胜县一个叫木瓜寨的地方，是王璞烈士牺牲地；华蓥山风景区内，保留了游击队当年从练兵、议事到藏身、做饭之处的多处遗址；为《新华日报》供应新闻纸的“中心纸厂”遗址在阳和镇的丁家坪；重庆《挺进报》事件后，王璞召集紧急会议，宣布组建“西南民主联军川东纵队”和在华蓥山区发动联合武装起义的决定，地点在岳池县的罗渡镇……

以前，尽管久闻《红岩》英雄和华蓥山游击队英烈们的大名，但这一次在广安境内的行走，是我第一次较为深入地了解英烈们的事迹和伟大精神。当看到、听到、读到的材料多了，再次亲临其境，甚至是听到一个与那段历史有关的地名，都常常会心潮澎湃、浮想联翩。

随着时代的变迁，今天的人们与五十年前沉浸在革命激情中的人们对《红岩》烈士和华蓥山勇士们的认识和情感不会完全相同，五十年后的人们与今天的态度大概又会有不同程度的改变。但无论到什么时候，人面对压迫和不平等、面对腐朽专制的暴政，做出的勇敢反抗和主动牺牲，都是高贵的，都永远值得敬佩和感恩。

有的人死了，他还活着。我在广安凭吊了多处革命先烈的遗迹和纪念地后，忽然意识到，那些宁为玉碎、不为瓦全的革命英雄是把中华民族的全体、过去与将来，作为一个整体的大生命来看待的，否则，如果他们都是各自坚持“精致的利己主义”的“小我”，那一切在酷刑折磨下的坚持乃至牺牲生命，都是不可能的，也是无意义的。烈士们付出的血和命，真正价值在于为中华民族的大生命体赢得了一个重新整理、重新出发的机会，一个再不必流血、拼命就可能去除压迫，争取平等、自由，创造清白天下的机会而已，而那种以为流了血、死了人，就应该一劳永逸地换来一个完全没有压迫、平等自由、清清白白的理想世界的想法，才是幼稚而不切实际的。

烈士们视今天的我们为他们的一部分，他们在九泉之下等着看后人去完成下半场的竞赛。决定先辈的血不会白流的，绝不仅仅是后人的祭奠和感恩。这是在《红岩》的故乡，那些在烈火中永生的英雄们给我的启示。

李准：山野哺育的骄子，海上不灭的英魂

邻水县柑子镇桅子村一条公路旁，巍然矗立着一座石碑，高近两丈，立于一座断了头的石赑屃背上。石碑顶部镂空雕刻着九龙奉圣图，阳文竖排“圣旨”二字，石碑正中阴文刻着 14 个正楷大字：“诰封光禄大夫讳逢春李公之神道”，由落款和印章可知，碑文题写者为“戊戌变法”之年（1898 年）光绪帝御笔亲点的状元夏同龢。

沿神道碑旁一条叫作活水沟的小河逆水上溯一公里许，半山腰的茂林修竹中就是李舒锦（号逢春）之墓。巨石砌成的墓门非常高大气派，雕刻十分精美，石头的顶端和缝隙里有厚厚的青苔和少许杂草，没有绿意的地方则呈现铁锈一般的暗红。墓是夫妻合葬，所

光绪皇帝诰封李准祖父神道碑　何正华 摄

以墓门分左右，中间的隔断上镌有精美的宝瓶和“松下问童子”浮雕，上方的门楣上是“辉流乡国”四个大字，再上方又有稍小的横匾，刻篆书“仙李蟠根”，最上一级和神道碑上一样，高悬竖额“圣旨”二字。

李准祖父墓
何正华 摄

南方的山野里，高大精美的古墓其实并不鲜见，但眼前这座墓的修建者李准（墓始建于 1878 年，现存墓面为李准回乡时为其祖父所修），并不是一个富甲一方的乡间士绅或致仕在家的普通官宦。清朝末年，这位西南大山里走出去的广东水师提督把他自己的名字连同家乡的名字写在了南中国海烟波浩渺的蔚蓝色国土上——西沙群岛中曾有一座以李准的家乡邻水命名的岛屿——“邻水岛”；南沙群岛西部的一处礁滩曾以李准的名字命名为“李准滩”；2012年，国务院新设三沙市时竖立的地名碑上亦铭刻着李准的功绩。

江山代有才人出，以中国之辽阔、历史之久远，杰出人物须有不可磨灭亦无可替代的贡献才能超越一般乡贤和清官而赢得全国性声誉，成为彪炳千秋的历史人物。广安先贤李准就有这种非同凡响的重量级贡献。

光绪三十四年（1908年），广东水师提督李准配合两广总督张人骏，向日本领事提起抗议，据理力争，成功驱逐盘踞东沙、掠夺我国资源的日本商人西泽，收复东沙岛。

次年4月，鉴于法、德、英等西方国家舰船在南海频频活动以及东沙岛被日人窃占的教训，李准率领170余人的船队在广州启航，驶向深蓝色的辽阔大海，开启了中国海军建立以来第一次南疆巡弋、中国政府首次命名宣示南海主权的光辉航程。随行人员中，有官兵、工匠，有地图测绘师、化验员等技术人员，还有多位来自香港的商人，德国、丹麦籍的无线电工程师。

“入夜，海天溟濛，涛声起伏，心思浩茫。忽见海上跃起十数尾飞鱼，落于甲板上，犹腾跳不已。”

“暗礁甚多，玲珑百态，海水清澈，隐现于近岛海水，显有危险，务必放缓航速……”

这是李准在旗舰伏波舰的管带室里写下的文采斐然的巡海日记。巡航南海这一年，李准 39 岁。前半生里，他看待世界的方式如以往数千年来的传统中国人一样：头顶刚健不息的悠悠苍天，脚踩厚德载物的坚实大地，人处于中间赞天地化育、为天地立心，浩瀚的海洋很少进入他的视野，在他的头脑中亦向来不占重要位置；而自他在广东任职水师提督以来，驰骋海上追逐、缉拿海盗，与万里驾船而来的列强交涉、碰撞，与靠海吃海、真正四海为家的东南渔民接触、交流，特别是此次数日来航行在浩渺无垠的茫茫大海上，天空之下久久没有了大陆的影子，在脚下承接着人、哺育着人的不再是大地，而是海洋，他对蓝色国土的认识和理解必定与从前不同了！

他从来没有如此清楚地意识到，千百年来有无数同胞世世代代就默默地驰骋在大陆之外的浩瀚波涛里谋生，或者致富，尽管他们生产生活的场景在内陆人的眼中是如此陌生和奇异。中国人关于天地自然的观念里应该有海洋的位置，国家政权有责任对蓝色国土实施保护和管辖！当然，这不仅是李准一个人的转变，这位勇敢、爱国的海军将领只是一个先行者。中国人的海洋意识、海疆意识渐渐清晰、坚定了，中国人的视野和头脑中渐渐多了一片辽远的蔚蓝。从这个意义上说，此次巡航向世界宣示了主权，对我们自己来说犹如一次重要的启蒙。

李准将巡航中抵达的第一座海岛命名为伏波岛，这是他们所驾旗舰的名字，也是东汉马革裹尸的爱国英雄的名号，喻示着中华海军伏波斩浪，永固海疆。工匠在珊瑚礁岩壁上庄严而自豪地刻下“大清宣统元年广东水师提督李准巡阅至此”，高高的杉木旗杆上升起大清黄龙旗，停泊在海面的伏波、琛航、广金三舰上传来隆隆的21响礼炮。

第二天，他们在另一座海岛上发现了唐、宋两代的居住遗址和文物，并凿出两眼淡水井。李准在日记中写道：“已得淡水，食之甚甘，掘地不过丈余耳，余尝之，果甚甘美，即以名甘泉岛，勒石竖桅，挂旗为纪念焉。”

此次巡航共探明并命名岛屿15座，或以舰船命名，如伏波岛、琛航岛、广金岛，或以舰队成员的籍贯命名，如以李准家乡命名的邻水岛，以舰队副统领林国祥的家乡命名的新会岛，以两广总督张人骏家乡命名的丰润岛，后者作为封疆大吏虽然没有亲随他们出海，但在维护主权问题上，从处理与外舰的纷争到收复东沙岛再到巡航西沙，始终与李准保持默契，是李准的支持者和合作者。舰队在每一座海岛上勒石、升旗、鸣炮以宣誓主权，途中旗舰伏波舰还遭遇触礁，险些沉没，胜利返航广州后，李准在水师提督衙门举办展会，展出了巡海照片及珍贵海产，并奏请朝廷开发西沙。

三年后，《中华民国边界海岸及面积区划图》以六十多个版本面世，其中依据李准的《广东水师国防要塞图说》第一次在中国版图上清楚地划出了南海的U形疆界线。1921年8月22日，法国内阁总理兼外长白礼安谈及西沙群岛问题时引证李准巡航一事说："由于中国政府自1909年已确立自己的主权，我们现在对这些岛屿提出要求是不可能的。"

李准对巡视西沙群岛并勒石命名，是中国政府重申对西沙领土主权的重要宣示和证明，其历史意义和影响十分巨大，不可磨灭，永远令国人感念。

在维护南海主权的历史性贡献之外，李准一生还留下不少其他重要的历史印记，他似乎是那种在任何事上都能做得风生水起、表现出卓越才干的人。

年轻时代刚刚踏入仕途时，李准受父亲挚友、湖广总督张之洞委派做赈捐工作，募捐时激情澎湃的演讲极具感染力；辗转在各省募得巨款,整理账务时又表现出极为细致严谨的一面,做得井井有条,因而深获张香帅赏识。

1898年，27岁的李准又被新任两广总督的李鸿章看重，奏请其担任广东厘金局（相当于今天的税务局）总办，主持广东全省的厘金改革并大获成功,第二年,清廷表彰其成绩显著,命各省仿效推广。

因押运厘金、保护商旅需要，李准掌握部分军权，曾编练、指挥义军，又受岑春煊保举，负责缉拿东南海盗。他以文官被委以军事重任，竟能接连剿平多股漂荡海上多年的悍匪，与明代文武双全的一代完人王阳明有几分相似。李准以军功被清廷赐以“果勇巴图鲁”名号，在广东军中责权日重，35岁正式被任命为广东水师提督。

主管广东军事期间，李准由于职责所在多次率部镇压革命党的武装起义，也十余次惊险而幸运地躲过了革命党对他的刺杀，后来终于看清革命之势不可阻挡、清廷注定覆亡的命运，在辛亥武昌起义后与孙中山、胡汉民等人秘密联系，响应革命，宣告广东独立。胡汉民在文告中赞扬他“粤东省城九月反正，以李直绳（李准的字）君之功为最”，黄兴在给他的电报中说“粤省光复，公树伟功，从前公仇，一概消释”。

李准的后半生，从民国初年尔方唱罢我登场的混乱政局中抽身而退，他热衷于编写京剧剧本，“欲借伶人之口以唤醒国人”；整理撰写笔记和回忆文章，为后世留存了中国政府行使南海管辖权的铁证；潜心书法，隶书、篆书卓然成家，他为《大公报》题写的报头，既秀逸飞动又庄重古雅，至今还在使用……

邻水李准故居对面的小山顶上，有一块鬼斧神工、自然天成的“官斗石”，它像一颗大印，倚着山壁而立，看起来摇摇欲坠，其实却

130年前私塾旧址 何正华 摄

稳如泰山，当地朋友说坐上去十几个人没问题。官斗石所在的这座小山与李准故居所在的这座小山，据说好比两只巨大的蟾蜍，搭配上官斗石那颗天生的朝天官印，在风水上称为“金蟾纳印”，是预示官运亨通的绝佳所在，因此李准高祖父李天贵在清乾隆中叶在此筑宅定居后这个家族人才辈出。

风水堪舆之说，或许真像相信的人说的那样有深意存焉，然而在李准故乡，我感触最深、最有心得的却还不是他家的好风水，而是李准幼年时他父母所给予的教育。

当地流传的几则关于李母教子的故事，今天在我们看来无疑是严苛得太过分了：

小李准坐在过厅的门槛上被堂兄李锡之突然袭击，从后面扳倒，头上隆起了大包，他哭着去找母亲，母亲反而指出他的不对：“门槛是供人出入之地，难道你应该坐在门槛上去吗？”

小李准随堂兄李绍基到镇上的商号玩，到天黑堂兄还在经营生意，李准不敢独自回家，堂兄便在酒楼叫了几个菜吃。晚上回家后母亲听后，责备他不该在外聚集吃饭，奢侈浪费，抄起黄荆棍要打。绍基跪下为弟弟求情，坦承是自己的责任。母亲说：“你是因为有事不能回来，饿了应该吃；你弟弟没有事，应该早点回家，这样乱花钱财，一定要严厉惩罚，他将来才知该怎样做！”

类似严苛到几乎不尽情理的故事还不止这些。按照今人的逻辑判断，以李准所受的这样的教育，他似乎只应成长为一个唯唯诺诺、循规蹈矩的窝囊废，他长大后竟事事主动负责，甚至由文入武，缉拿海盗，多次捋洋人虎须，到南海宣示主权，成为一丝不苟的硬汉，真不知是何道理！

然而，一定是有道理的。李准幼年所受的家庭教育中，孩子受到严苛要求的另一面，是父母做了最正大光明的榜样。

光绪十三年（1887年），李准的父亲李佑均在广东河源任知县，李准母亲携家前往，搭乘的是轮船低舱的三等客位，一路颠簸，李母和姐姐呕吐得很厉害，船舱内也一片狼藉、恶臭逼人。随行的亲戚说，何不多花几十元，换坐头等大舱，免得大家受苦？李母不同意，说风浪一平，人就好了，何必多费不必要的钱呢？母亲教育李准："州县为亲民之官，河源县是贫瘠地区，如多费一钱，将欠你父亲对百姓的情啊！我们节省开支，是希望你父亲做个廉洁官吏，造福百姓。"

光绪廿四年（1898年）9月28日，维新变法失败的"戊戌六君子"被押到北京菜市口刑场斩首示众。当天，知交中唯李准的父亲李佑均前往送行。他趁着月夜，逐个唤着六君子的名字，站在同乡刘光第、杨锐面前哭泣流泪，为死不瞑目的谭嗣同合上双眼，并为他们购好棺木，与家属一起收尸。突然，大批警察闻讯赶来，将李佑均押解回警察署，幸赖李鸿章营救才获保释。

母亲不惜自己受苦，用行动做出了节俭、奉公的表率。

父亲冒着生命危险，为值得敬重的同事、朋友尽了最后的情谊。

在李准父母为代表的中国老辈人的教育中，我们至少可以看到如下精神：

规矩为大，是非为大，受小委屈不算什么；

一切皆反求诸己，当反躬自问到问心无愧的地步时，就是至刚至大、独立无惧之时；

身教重于言教，真正传递给孩子的是内在的基因和用行动树立的榜样。

这也许才是李准家族人才辈出的真正奥秘吧。

据记载，1909年李准巡航南海时，在西沙群岛除了升旗树碑宣示主权，收集和测绘海岛信息，还随船带去了大量植物种子和家畜，在西沙各岛都放归了一些山羊、水牛、鸡鸭。当时德国人布朗士很为那些动物的命运担心，他悲伤地说：“这些可怜的牛羊啊，它们都将因为没有淡水而渴死，阿门！”李准回应说：“无娘儿，天照应，愿它们能活下去，阿弥陀佛！”

李准船队放养、种植的动植物，近年陆续在西沙各岛被人们发现，仅东岛一处就有十几群黄牛共计三百多头，还有黄羊、野猫、野狗、野鸡、野鸭等活蹦乱跳地顽强生息着。

这个故事多么令人感动啊！众生求活的欲望和能力不可小觑，天、地（还有大海）的好生之德、大仁大义亦不可低估，这一点上，李准的看法远比布朗士更乐观、积极。我想，这得益于中国人数千年来从四书五经的浸濡中建立起来的对大地仁心的坚定信仰。“亡人无以为宝，仁亲以为宝。”中华文明遭遇重大挫折的时候又不止近代这一次，之所以能屡仆屡起、精神命脉始终不绝，难道会没有一点过人的智慧和卓异的性格吗？李准时代的中华民族，其处境之恶劣艰险，实际也并不比南海无人岛礁上的动物所面临的处境强多少，而今走过种种内忧外患和革命洗礼，不亦重现勃勃生机了吗？

“无娘儿，天照应。”没错，就是这样顽强，就是这样茁壮。

安丙：人民怀念安邦定国的能臣

褒先寺，川东地区规模最大、保存最好的第一古建筑群。寺名“褒先”，意思是颂扬和纪念此地的先贤，因为这里原本是南宋名臣、广安人安丙的故宅，早在安丙还在世时，皇帝就在此为他敕建了一座生祠。

建祠庙纪念死去的功臣或社会贤达，在表示敬仰和追思的同时，亦可弘扬天地正气、为后人树立优秀典范，这本是中国古代改造社会风气、传递正能量的常见做法。

但是，给活人立生祠却不常见。

褒先寺正门　赵春宏 摄

让活着的人享受供奉，犹如给了他与神等同的待遇。在四川宣抚使、同知枢密院事安丙还活着的时候，他的生祠已在多地出现，除了家乡广安，还有沔州（今陕西略阳）、果州（今四川南充）、巴州通江（今四川通江）、永康军（今四川都江堰）……当时的文学家魏了翁记载："蜀人于公，饮食必祝。"——蜀中百姓一日三餐之前先要为安大人祷告一番，或许有些夸张，但人民对其确有一份异乎寻常的尊重应无可疑。

漫长的中华文明史风流人物灿若星河，历朝历代的封疆大吏乃至宰相、帝王不可胜计，安丙在他自己的年代并非最位高权重的人，今天在他的家乡广安以外，也非一个特别广为人知的历史人物。那么，这个人究竟立下了怎样的功勋，能在活着的时候就像神一般被供奉呢？

六十岁的时候，安丙与一班忠君爱国的武人联手诛杀了投降金国自立为蜀王的吴曦。在这件事之前，安丙是一个好官，比如嘉泰三年（1203 年）隆庆府（今四川剑阁）水灾，任通判的安丙建议知府打开常平仓赈济饥民，水灾过后，他又主持兴修水利，根治水患；知大安军（今陕西阳平关）期间遇到大旱，他“以家财即下流籴数万石以振”，获得了朝廷的奖励。但是天下大大小小的好官不乏其人，开仓赈灾之类的好事，别的好官在别的地方也在做。唯杀叛将吴曦一事，在当时几乎可谓有扭转乾坤之功，南宋朝廷怎样嘉奖都不为过。

这是历史的风云变幻带给安丙的重大考验，同时是可遇而不可求的难得机遇。

开禧二年（1206 年）年底，抗金保蜀名将吴璘之孙、四川宣抚副使吴曦在金国支持下自称“蜀王”。当时的四川军政长官、宣抚使程松逃脱，安丙被迫受伪职，担任中大夫、丞相长史、权行都省事。

消息传到京城，南宋朝廷震动，茫然失措。宋宁宗无奈中抱着一丝侥幸，秘密降旨给安丙，对其充分表达信任，许以重赏，勉励他寻找机会解决吴曦。结果，圣旨尚未送达，安丙等人成功诛杀吴曦、平定四川的喜讯传来。朝廷解除了大患，封安丙为兴州知州、安抚使兼四川宣抚副使，而痛失爪牙的金国则在边境贴出告示，开出银二万两、绢二万匹，授四川宣抚使的巨赏，来求购安丙人头。

这是一次比近代袁世凯称帝还要短暂的独立割据事件，只持续了四十多天，宋、金两国为何都对此事如此看重?

南宋，由于已经完全失去了北方国土，四川地位变得空前重要，因此，保住四川就等于保住了南宋政权在西面的半壁江山，相反，假如吴曦的投敌割据没有及时终结，其后果实在不堪设想——西南一失，意味着大宋朝将一举沦为和历史上的东吴、南唐等国相似级别的东南地方割据政权，然后将直接面临亡国的重大危机，金兵很可能会像战国末年灭亡楚国的秦军，抑或三国时消灭东吴的西晋楼船，沿长江顺流而下，一举平定江南——这也正是后来蒙古军进攻南宋的首选路线，只因川人持久顽强的殊死抵抗，才迫使忽必烈汗改弦更张，跑到东面另寻突破。

平定吴曦之乱，使安丙从普通的地方官一举成为举足轻重的方面大员，这是他仕途上最重要的分水岭。十几年后，安丙又成功镇压了一场搅动四川的兵变，那是他的另一件带有安邦定国性质的重大功绩。

嘉定十二年（1219 年），兴元军（今陕西汉中）士兵推张福、莫简为首发动兵变，克扣兵饷、“以刻剥致诸军之怨”的太府少卿、总领四川财赋杨九鼎被剖腹，愤怒的军人把贪官的肚子塞满金银，让他一次性吃了个饱。四川的最高长官、制置使聂子述闻讯逃走，兵变因反抗不公而生，一旦发生便成洪水猛兽，连下州县，烧杀劫掠，直到在家乡广安闲居的安丙被起用为四川宣抚使兼判兴元府、利东安抚使，数月之后，兵乱敉平，首犯伏法。

坐落于今天四川华蓥市永兴镇的安丙故宅，自南宋嘉定初年敕建安丙生祠，直到明代毁于战火，数百年间一直寄托着民众对这位安邦定国的一代能臣的感念和追怀。清康熙年间，一位由贵州来的宗尧禅师看中了这块轩敞之地，于是有了保留至今的这座褒先禅寺。

这是由山门、前殿、正殿、后殿四重殿宇加各自的东西配殿合围成的一座三进式传统古院落。四重殿宇内，山门供弥勒佛和四大天王，前殿有安丙石像，正殿正中供释迦牟尼佛和文殊、普贤菩萨，后殿中我去时空荡荡没什么陈列。寺中的佛教塑像雕得精美逼真，且似经过故意做旧，仿佛是从某一处山崖搬来的古代雕塑，显然是极用心的，与一般金碧辉煌的现代雕塑不同。三进院落，靠外面的

唐明　摄

阔大、整饬，越往里走越清幽，到了正殿和后殿之间，寂寂寥寥，直可谓荒芜。然而，正是眼前这种荒寺无人、清幽寂寥的感觉令人顿时沉静下来，再三流连不忍离去。这个年代，难道不是热闹易寻，清净难得么？

刘祥　画

唐明 摄

广安市旅游局提供

唐明　摄

带栏杆的十字形青石甬道把褒先寺的第三进园圃隔成四个方格，十字甬道的中心，细腰酒盏形状的底座上托举着一口青石花盆，里面丛生着些不知名的草木，并没有开花，花盆和底座的缝隙间也钻出长长的杂草和厚厚的青苔。

四个方格里，都有灌木和杂草在春天连续的阴雨天里喷发一般地疯长。

西南角有一棵高大的柚子树，皮球大小的金黄色柚子落了一地，大约不下二十个。铺着青苔的石桌石凳不知道是什么年代的，看那磨损的程度，一定非常古老了，说不定院子在南宋时期的主人安丙就曾坐在那里读书，喝茶，偶尔跟孙辈抑或仆从聊几句闲天。

后殿前面有几棵大树，须弥座前的石阶上落了厚厚的一层枯叶。殿是穿斗式木结构，重檐歇山顶，小青瓦的屋面，气象宏伟庄严而古朴内敛，并不张扬。

正殿与前殿之间的第二进院子，又是一座花园，比后院更大更整饬也更多几分富贵气质。东西各有一座人工开凿的泮池，园中植有高大的千年古柏、名贵的玛瑙石榴、桂树、蜡梅、春梅……此时正倾情盛开的是三两株紫薇。在这阴雨连绵的南国春天里，日光黯淡，空气潮湿，建筑是青瓦、白墙、黑漆梁柱，园子里其他树木花草都还是青绿色的，一切都成了这几树紫薇花的背景，于是它便开得兴致勃勃、光艳无比。

进山门后的头一进院落最为轩敞开阔，整个院子青石铺地，造型精巧别致的琵琶池上漂满了浮萍；两侧各有一棵古老的黄桷树亭亭如盖，郁郁苍苍；前殿的御阶有垂带式踏道七级，正中是二龙戏珠石刻，雕刻精美，气势轩昂。无怪乎民间传说褒先寺是仿皇城规格修建的。

褒先寺除了曾是安丙的故宅、生祠、禅寺，据清人《褒先寺关圣殿碑》，至少其中的某个殿宇还曾供奉过武圣关羽，而在 20 世纪相当长的时间里，它还被当作学校使用。1940 年 9 月，因遭敌机轰炸，国立广安中学初中部 14 个班 630 人入住褒先寺，以正殿为学堂，直到 1945 年抗战胜利才迁回广安。1949 年后这里又成为永兴中学的所在地，1998 年，学校才迁出另建，如今新校址就在寺外，据说原址在当年也是褒先寺附属的园林景区。

漫步庭中，想到褒先寺最近的这段历史，我仿佛听见昏暗寂静的殿宇下正传出童生朗朗的诵读声，不禁由衷地羡慕本地人的福气，能在这样的殿宇和园林中度过学生时光，该是一种怎样幸福诗意的体验？鲁迅先生的百草园和三味书屋令人神往，但比起褒先寺的校舍来，那可差远了。

肆 城塞

大良城：曾为捍卫文明而战

我在其他地方还从未见过、也从未想象过有这样的古城：

在辽远的乡村山野，远离城市和交通要道，走着走着望见一座用城池全副武装起来的平顶山，这座山上之城面积开阔，城门众多，城墙巍峨，气度非凡，显然不是一般啸聚山林的山大王所筑；疑是官方的州城府县，登城一观，又顿觉不然不然，但见竹林掩映着青瓦屋檐，眼前水田倒映出天光云影，农人正在地里繁忙地耕作，一派典型的乡村田园景象，完全没有繁华都会的意思，何况中心城邑当在交通便利、地势平旷之地，谁见过州城府县像空中花园一般，被孤零零地托举在这四面峭壁的山崖上？

大良城遗址　唐明 摄

在四川，这样依山就势建筑的古代山城竟十分常见，有名可查者据说有七十多座，随意在乡野里游走，说不定在哪座看起来普普通通的山崖上，就耸立着一座居高临下的残损的城门或几尺古城墙的断壁残垣。仅大良城周边拱卫它的小城或寨堡，就有东面的大岩寨、曾家寨，南面的太平寨、石谷寨，西面的双鱼城，以及北面号称“一峰插天”、岿然独立的小良城，当然，不远处还有对手建立来威胁、窥伺它的虎啸城。

大良城是因南宋与蒙元战争而生的一座军城。南宋理宗淳祐三年（1243 年）始建，作为当地南宋驻军广安军的治所，扼守渠江下游的达、巴、蓬、渠诸州通往重庆府之咽喉，与青居、赤牛、运山等城互为犄角，为钓鱼城、重庆城的重要屏障，此后屡经激战，失守又夺回，夺回又失守，反复五次易手，元朝至元十三年（1276 年）以后才最终被元军攻陷，坚持达三十四年之久。

一座城是怎样坚持三十多年的？别忘了攻城的一方可是横扫天下、所向披靡的蒙古铁骑——在大良城修建之前，蒙古军已经进行过两次西征，第一次征服中亚，扫荡高加索，叩开俄罗斯大门，他们用了五年；第二次征服伏尔加河以西诸国，大败波兰、日耳曼、条顿骑士团联军，攻破多瑙河畔的匈牙利古都佩斯、格兰，也只用了五年；与南方与宋朝交战的同时，另一支负责第三次西征的蒙古铁骑攻克巴格达、大马士革、阿勒颇等阿拉伯名城，进占小亚细亚、塞浦路斯，击败东欧巴尔干诸国联军，耗时八年而已。

大良城守了三十多年。这还只是四川制置使余玠的四川防御战的宏大布局中的一个点。

1243 年之后的八年时间里，余玠将四川的山地地形利用发挥到了极致，有计划、有步骤地以重庆城为中心，在长江、嘉陵江、渠江、涪江、沱江和岷江沿岸的山峰上，先后打造了二十余座类似大良城这样的山城。这些大多构筑在天然的险崖峭壁上的山城不仅易守难攻，而且山顶宽平，有田可耕，有水可饮，战时凭险御敌，平时耕田种地，聚粮养兵，因此侵略军攻也攻不下，困也困不死，而且各城均择要地，或相互毗邻，或隔江相望，彼此能互通声气，互相支援。

南宋和蒙元之间的战争因余玠的受命入蜀转入了新局。在此之前，从宋蒙联合灭金后的次年（1235 年）两国拉开战幕时起，蒙古军在四川同中亚和东欧一样所向披靡，如入无人之境。现在，他们要耐下心来，向川人讨教怎样打山地战了。

这对蒙古军来说，实在是战略上的一大失误。他们的意思是，先强行夺取巴蜀，然后沿江顺流东下，消灭南宋。本来，历史上并不乏这样成功的战例，比如三国鼎立的终结——“王濬楼船下益州，金陵王气黯然收”，西晋就是先拿下西南的蜀汉，再顺流东下取东吴的。然而这一次，想不到最初几次摧枯拉朽、高歌猛进的攻势之后，巴蜀军民拿出了出乎侵略者意料的决心、韧劲和战法，四川并不好打。于是，这一仗一打就胶着了数十年，长江上游牢不可破，四川坚定地支撑起南宋的半壁江山，成了宋蒙战争中战斗最惨烈、历时最长的区域。直到元世祖忽必烈无奈改变了主意，从东面的襄阳突破长江天险，挺进东南，把宋朝皇帝一路赶进了大海，四川的坚守渐渐黯然失去了意义，才最后拿到了这一座座自给自足、倔强抗命的巴蜀山城。

刀光剑影和血雨腥风早已远去，大良城还在。山顶面积约 1.5

城墙遗址　赵春宏 摄

平方公里，登上城内地势最高的黄桷梁子可以俯瞰山城全景。山不规则，所以城也不规则，原有12道城门，除小东门、小南门、月亮门被毁坏之外，其余均存有遗迹。

我们的车从东门开上来，东门因为修公路基本上已经拆毁了，只有断壁残垣和几处古代石刻，一通明万历年间禁止童婚的示谕碑字迹依稀还可以辨识：“都察院示谕军民人等知悉：今后男婚须年至十五六岁以上方许迎娶，违者父兄重责枷号，地方不呈官者一同枷责。”穿越大片大片的水田和果树林，由小径通往保存比较完整的北门，途中经过的农家土坯房的房基上砌着雕刻精美的条石。北门城门洞上方一棵大黄桷树好像是当年的战旗屹立在风中，城外地势陡降，“一夫当关、万夫莫开”的险峻气势还可以看出几分来，西北方向可以望见岿然耸立的小良城。

西门，有一个标志性的人脸似的山崖，宋咸淳二年（1266 年）10 月，都统王立等人受利东路安抚使、合州（今重庆合川）知州张钰委派，率 50 人组成的敢死队乘着夜色潜伏在这座城门下，由王立伪装成蒙古监军骗开城门，奋勇收复了失陷三年的大良城，之后又连夜行军，神兵天降一般在天亮之前攻取了蒙军修筑的虎啸城。

南门保存最为完好，内外两道城墙，中间有瓮城，城墙依绝壁而建，烂漫的山花和粗壮的古藤顽强地从城墙和绝壁的缝隙里伸展

唐明　摄

刘祥　画

出来。城下是一望无际的山野，周边有风吹草动也逃不过守军的眼睛。

大良城，这座因战争而生的城池由于从未成为人口聚居的商业城市，700多年光阴流转，它只是在原有基础上慢慢荒凉下去，而不像繁华都邑那样不断为新的历史遗存所覆盖和更新，因而它更本真、更沧桑地撂荒在那里，像一个整体封存在岁月海底的巨大文物。建造大良城的宋人，给人的印象向来是富贵而文弱的，然而在川东的这片孤山空城中的乡村原野，这些昔日惨烈战场的遗存，却孤独而明确地宣示着文弱的南宋王朝面临异族入侵时的坚守和气节，代表着汉民族曾经有过的血性。

摩崖石刻　赵春宏 摄

陈寅恪先生曾说：“华夏民族之文化，历数千载之演进，造极于赵宋之世。后渐衰微，终必复振。”今天，来自草原民族原始的铁血暴力已经彻底被文明所遏制，商业民族带来的现代文明冠冕堂皇的外衣下却隐藏着更大的野心和悬念。当最安分守己、热爱和平的文明一次次遭遇浩劫，她在自己的土地上也曾多次花果飘零，长久地缺席。现在和未来，她还会找回自己失落的仁义之心，作为引领人类方向的主要角色重新发言吗？

宝箴塞：谜一般的乡村古堡

丘陵起伏，水田遍地，蓊郁的树木和一丛丛翠竹掩映着灰瓦白墙的民居，雄伟壮观的宝箴塞突兀地傲立在这样一派典型的川东乡野景色之中，简直是一个谜一般的存在。

宝箴塞建在一座约300米高的小山的山脊上，占地15，000余平方米，四周全部由6.5米高的塞墙封闭起来，整座寨堡唯有一个出入口。塞墙随地势方圆曲折，外形呈奇特的哑铃形状，两米宽的塞墙顶上建有传统的木梁椽盖青瓦的回廊式炮楼，塞中人可沿墙环绕，畅通无阻，一座飞檐翘角的三重檐方亭立在最高处。整座建筑带有明显的闽南团城和江南民居的风格，雄壮中透出优美。

俯瞰宝箴塞 唐明 摄

尽管建筑是典型的中国传统风格，宝箴塞还是不免让人想起欧洲中世纪大大小小的封建主建筑在山野间的古城堡。我在四川走了不少地方，从来没在别处见过一座类似的乡村要塞式的建筑。据《武胜县志》记载，武胜全县曾有集生活与军事防御于一身的寨堡250个，碉楼245座，可如今它们早已纷纷消失在历史的烟尘之中。本地人说，像宝箴塞这样的建筑，他们也没见过第二个。

不只是我和本地乡民觉得它罕见。塞门旁边墙壁上的一块牌匾镌刻着著名古建专家、曾任国家文物局古建专家组组长的罗哲文题写的塞名和评价："全国罕有——蜀中一绝之军防要塞式住宅——宝箴塞。"罗老都说罕见，那就真的是罕见。

宝箴塞 武胜县旅游局提供

在寻常的川东乡野中，何以会有这样一座集军事防御、生活起居、休闲娱乐为一体的多功能巨宅？是什么人出于何种动机所建？

这固若金汤的古堡要塞里有哪些神秘的设计，暗藏了多少机关？

这户清末民初的南方大宅门里出过怎样的人物，演出过怎样的故事？它的建造者在重整山河的革命年代经历了怎样的命运浮沉？

黄昏时分，我带着无数疑问来到谜一般宝箴塞。潮湿的青石板路逐渐抬升，石阶一侧是高高的塞墙，另一侧下临陡峭的山崖。塞门设在山脊最险要的地方，条石叠砌的单拱门券，厚厚的双扇木门上有一处被填补过的小小枪眼，导游介绍是宝箴塞唯一一次与土匪交锋留下的印迹。那一次，本地人段昌林一家六口惨遭附近金鸡岭的土匪张弯刀灭门，宝箴塞的主人、段氏宗族的族长段襄臣率领族众群起反攻，击败了张弯刀。

宝箴塞分一体相连的东塞、西塞，东塞是传统的三进式布局，在辛亥革命爆发的1911年由老族长段襄臣主持修建，游人进入塞门后首先来到的就是东寨的前院。

这是整座建筑群中的一处经典之作，底层为入塞必经之通道，二楼是雕梁画栋的戏台，戏台的对面是上下两层的看台，主人和贵客的座席在二楼，家人伙计也可在楼下仰观看戏。黄昏时分游人稀少，阳光从天井跳进来，前院中似乎可以听见当年的锣鼓丝竹和川剧演员咿咿呀呀的唱，只是当年看戏的人已成了戏中人。现在，不少剧组来宝箴塞取景拍戏，斯琴高娃、陈建斌等著名演员都来过，根据段氏家族故事改编、名字就叫《宝箴塞》的电视剧即将开拍。三楼为瞭望楼，登楼远眺，塞墙之下林木清幽、水田交错，恬静秀美的川东田园风光尽收眼底。东北方向不远是建于康熙年间的段家大院，那是要塞建成前段氏家族的祖居地，一片巨大的四合院坐北朝南，单檐悬山式屋顶，穿斗架梁，院内有碉楼、戏楼、花园、枪械作坊、酿酒和印染作坊……生活设施一应俱全。据本地朋友介绍，以前，段家大院和宝箴塞是有三道围墙连接的，并且四周山岗上还有23个呈拱极星座护卫的小寨，外围自重庆合川一个叫作燕窝镇的地方到武胜县胜利镇天生桥，长约12公里、宽1—2公里从属于段氏家族控制的延伸防御地带，还有碉楼、大院10多处——需要多大的产业

宝箴塞戏楼　武胜县旅游局提供

基础和影响力才能建构、支撑起这样一个令人瞠目的庞大军事防御体系啊！

宝箴塞因地势协调，建筑亦不规则，所以颇多回廊曲阁，外观格外别致奇特。东寨的中院还有一处貌似水井的逃生井，内有一条百米暗道，直通要塞外的段家大院。后院是个三合院，是段家祭祀和陈列祖先灵位的地方，院内旧有假山、喷泉，后来曾用作粮站的粮仓，现在辟为了展览陈列室，用于展示宝箴塞的建设史、军事防御设施、民居建筑等内容。

看完东寨，我在前院中由靠墙的廊道登上塞墙，这是一条可以绕要塞环行一周的防御工事，从垛口和射击孔可以巡视监控四野，平时则是休闲漫步、观赏“塞外”风光的游廊。2006 年清华大学建筑设计研究院的专家教授们来考察、研究后发现，整个要塞四周无一防御死角。最巧妙的一处射击孔据说已经作为防御工事的经典案例列入军事教科书，它不但与对面突出转角碉楼相互照应打击来敌，同时利用陡崖和弧形墙体的遮蔽，从外面直视竟完全看不到！墙体中间设置了隐身的壁穴和厕所，厕所中又有逃生暗道，塞墙之外的四周以前还种植有宽 2 米、高 2 米的绿色荆棘防护带，如此完善的防御体系，专家们慨叹可与世界上任何一处军事要塞的防御系统比美。

宝箴塞外景　赵春宏 摄

廊道犹如时光隧道，从东寨进入，绕行半圈后沿石阶可下到1936年建成的西寨，竣工时老族长段襄臣已经去世两年了，西寨与时俱进地表现出热兵器时代的工事特征。西寨为一院四天井格局，房屋比东寨也更显高大，所以在西寨建成后，主人的生活居住都在西寨，卧室、书房和客厅就在一处有着开阔天井的四合院落里。正堂中悬挂的一篇作于1936年的《宝箴塞记》简要记述了要塞的修建过程、用意和对后代的期许。这是新主人段仁清邀请久享文名的亲戚前清举人、民政部录事、四川省议员张骥所撰。塞记中说，要塞的修建过程不易，希望后代铭记和保持祖上乐善好施等种种美德，

宝箴塞内景　赵春宏 摄

把家业和要塞好好保存下去。这篇箴言被认为是宝箴塞之名的来历。现在，西塞的各个房间中陈列了许多曾散落民间的段家旧物，显示着天府之国民间巨绅之家当年的气派。

这是一个怎样的家族呢？

宝箴塞的缔造者、老族长段襄臣，坐拥武胜县嘉陵江以西大部分田地、果林，人称“段半县”；他曾担任“巡检”之职，这种专设于“关津险隘”之处“掌捕盗贼，诘奸宄”的从九品武官，官位虽小，却是负责一方治安的实权人物；此外段族长还获得了一个“奉政大夫”的正五品头衔，多了这个名誉荣衔，他就不再是小小的州县属吏，而在品级上直接超迈县太爷，可以号称“五品巡检”。继承父志、完成西塞续修工程的段襄臣第三子段仁清更是一位实权在握的风云人物。他曾任合川、蓬溪、潼南、遂宁、武胜五县团防司令，协调各县军政要务，并经营军火等生意。

父亲是富甲一方的大财主，儿子是掌握地方武装的小军阀，完全符合一般人对旧社会乡间“土皇帝”的想象，然而在当地人的叙述中，他们却并非凶恶的反面角色，而是“捍卫桑梓，保全身家”的好乡绅。据说段襄臣生前因公私分明、严格自律并且热心慈善而受到当地百姓爱戴，当地流传着不少关于他的故事。比如段家大院与宝箴塞之间的荷塘边的那口“救旱井”，井旁有石碑记载同治十年（1871年）当地发生特大旱灾，青年段襄臣开放自家水井，让周围十多家乡民挑水育秧，解决人畜饮水困难，帮大家渡过难关，获得丰收。另有一则故事说修建宝箴塞西塞之时，家里资金紧张，段仁清回家看望年事已高的父亲，临行拿出许多银两，父亲竟当场打了儿子一巴掌，责问道：“我一直教导你为官要清正，这些银两从何而来？”段仁清再三保证银两皆从俸禄中来，老爷子才欣慰收下。

段家的故事引人追怀和玩味。那些有关段襄臣的事迹传说，有没有加入今人对本地历史人物的美化，我一个外来人一时无从稽考，可以轻松断定的是，当革命的洪流滚滚到来，无论段氏父子本人在乡间的私德如何，他们必将无可避免地被席卷和碾压。少数人的人生沉浮、善恶因果在时代的洪流中似乎完全无足轻重，就像山陵崩塌后，山坡上曾经生动鲜活的动植物都将被泥石流裹挟着冲向峡谷，随时葬身于低洼之处。宝箴塞成功地挡住了土匪，甚至挡住了军阀，但在重整山河的时日来临，塞门再也无法关上。它最后的主人、五县团防司令段仁清后来被镇压，而这座雄伟壮丽并暗藏诸多奥妙玄机的私家要塞、反动旧势力的坚固堡垒作为公家的粮站幸而逃脱被破除的噩运，一度被称作方家沟寨子或方家沟粮站。今天，这个4A

级景点因僻处乡间而游客并不甚多。

《易经》上说：“重门击柝，以待暴客。”近代四川匪患之盛，举国少有能出其右者，宝箴塞的修筑首先是为防匪，可是何以有这么多人放着清白日子不过而啸聚山林？除当时政府的混乱无能、军阀的横征暴敛外，贫富间的巨大鸿沟、社会资源向“段半县”们的过度集中，无疑也是重要原因。政府的达官显贵、民间的富人老爷们千方百计防范的匪，也正是由他们自己有意无意间参与催生。宝箴塞的主人付出巨资和几代人的精力用于筑塞防患，固然是一种悲哀、一种委屈，然而，铤而走险、锋刃端上讨生活的匪徒何尝不是悲哀和委屈的？既无财产招引祸患，又无堡垒藏身御敌，穷得饮食不继、卖儿鬻女的草民百姓何尝不是悲哀和委屈的？

乱世荒年，无人不冤，各有各的委屈。真正安定祥和的乡野，原本不该出现宝箴塞这样雄奇伟岸的城防巨制。

匆匆走过宝箴塞，离开时已经夕阳西下，塞前的大香樟树正在更换春日的新装，暗红色的老叶子落了一地，脚踩过去哗啦啦地响，仿佛是在翻动历史的书页。我走过寨堡外的石桥，回头望一望身后那座牢固、昏暗的乡村古堡时，望见了一个已经逝去的匪患遍地、兵连祸结的艰难时世的依稀背影。

巴人石头城：向土著先民致敬

神龙山，原名蛇龙山，据说前些年景区迎接贵客时为了更吉利更好听而更名“神龙山”。因为山下有个蛇龙村，所以，我想“蛇龙山”大概是一个真实的历史地名，但是在查阅光绪版《广安州志》时，发现作为“賨城十六景”之一，清末时这座小山的名字还是“猊峰山”，因此又不免疑心“蛇龙山”“蛇龙村”之名或许也是近年建设巴人石头城以后，为了强调这里与巴族的联系而后改的——按照景区的说法，“蛇龙”是巴人的王族图腾，“蛇龙山”是巴王族崇尚“蛇化龙”之神山。

古堡弄影　唐明 摄

景区宣传说，神龙山曾有远古巴人的古城堡，而且一系列有关巴王族和巴国、巴人的神奇传说与此地有关。然而，如果据我到此后补习的有关巴人的扑朔迷离、疑点重重的历史信息判断，只能确信这座小山所在的广安及周边的渠江、嘉陵江流域，是巴人板楯蛮的栖息地，其他大概是谈不上的。由于历史久远和史料的缺乏，神龙山上即使真有什么历史遗存，也不大可能被证实为古代巴人的遗迹。

神龙山雪意　唐茜 摄

巴人，有人称之为中国历史上神秘消失的古代民族之一，我一向觉得这不过是现代人写书、做文章的一个噱头。因为在古籍有过记载的，甚至是那些建立过政权曾经辉煌一时的古代民族，今天已经“消失”在历史长河中的，实在也多得难以胜数。所以，来到巴人石头城，最好不要抱着参观古代巴人文物遗存、找寻巴人失踪之谜一类的期待，你只需关心它建筑好不好，风景美不美，有没有什么可看足矣。因为你面前的这本立体的大书，并非二十五史那般严肃的历史古籍，而是金庸武侠小说那样在历史的画布上自由挥洒才华和想象的艺术创作。

神龙山系大巴山余脉，三座小山头连绵起伏，像一条乍隐乍现、三落三起、昂首北望的游龙横亘于广安城南，最高处 81 米，为城区的最高点，巴人石头城就修筑在这条龙脊上。景区的“北门”是一座仿古的城门楼子，我在这里感觉吃了第一个“下马威”，它让我这个“信而好古”、自忖看过了不少古城的人看走了眼。门楼上面的箭楼和垛口显系新筑，城门洞子看上去很像古物，可是为我们导游的当地朋友纠正说，连城门洞子也是新的，旧是做出来的——精心设计营造的石头仿古建筑群，传统明清古城混合了川西碉楼和古巴蜀文化元素，盘踞于山脊之上显得奇崛险峻、风格独特，再经过南方的潮湿天气参与做旧，看上去很古老，却并非任何历史场景的复原，即使乘坐时光穿梭机也穿越不到，这是巴人石头城主要的魅力所在。

进入“北门”，穿过“龙头街”，来到巴人石头城别出心裁的景区入口——一座长满树木、苍苔的石崖，崖顶平缓如砥，有楼阁和碉堡。我们从石崖上凿出的洞口进去，如同一脚踏入桃源洞口，把喧嚣的俗世忘在身后，进入了那个半由历史半由想象造成的奇特之境。

赵春宏　摄

最先抵达的是神龙山的龙头。“龙门关”号称“巴国第一关”，一双高耸的碉楼如同神龙的两角，中间是陡峭的石梯，双碉楼有效地拔升了小山的高度，给人巍峨突兀之感，而且爬上碉楼还可以俯瞰广安全城。山崖两侧的石壁上雕出两个巨大的龙眼石窟，窟中有一佛一魔，景区将其描述为“龙眼佛珠”，寓意“心中有佛，眼中即佛”，而心中有邪，眼中便是魔。进入“关城”便是“龙头寨”，实际上是一组古色古香的院落，高大丛生的老榕树，裸露于外的粗大树根，潮湿的石阶上厚厚的青苔，让院落看上去比实际年龄老得多。室内放了许多从民间收集来的老家具摆设、牌匾，藏品之丰富、精美，完全称得上一座民俗博物馆。而且，这些从巴蜀民间收罗来的老物件，集中在这古朴通透的环境中，日夜禀受山川草木馥郁之气的熏陶，可谓不离故土，昔年的气息未绝，有些建筑构件如门、窗、抱鼓石、拴马桩等则直接利用为此间建筑的一部分，继续发挥着作用。这又是山下那些装潢精致的现代博物馆所不可及之处。

“龙头寨”下一片水光潋滟，是根据史籍所载的巴人“土舟竞浮”的故事开辟的“土舟湖”，因毗邻“天象阁”，又称“天象湖”。景区的解说词将这里演绎为巴人习武练兵场以及古天文学家、巴人落下闳的天象演绎场，称此湖形状恰与二十八星宿图形吻合，有东、

唐明 摄

西、南、北各七星，形成与天地感应，而湖畔的“龙头街”上的“天象阁”便是天象演绎核心场所——天象阁临湖的一侧高悬“天数在巴”的牌匾。可惜这“天数”显然并不太灵验，假若“天数”果然在巴，何以巴人竟如流星般消失在历史的星空呢？

沿着仿古城墙，走过一座天然形成的石头巨龟，来到奇崛险峻的“巴国门户”，由此进入神龙山之巅的石头城核心区。神龙山顶部像前锋区的大小良城一样，是那种四面绝壁、山顶平阔的平顶丘陵。石头城中结构井然，功能齐备，包括军事碉楼和城防暗道、祭祀用的神坝、歌舞娱乐用的戏楼、商业性质的城防街，还有龙泽寺可以礼佛，形成了一个完整的城堡社会。

“巴国门户”并峙的两座碉楼之间是窄而陡的石阶，一座木阁楼凌空横跨，横额上写着“先圣台”，匍匐着身子攀登到石阶尽头，迎面巍然矗立着一座“蛇龙巴圣”的半身铜像。在导游讲述的巴人传说里，“蛇龙山”是天帝庇佑巴王子“化蛇成龙”“弃王成圣”的圣地，“蛇龙巴圣”是一位放弃武装杀戮，经千年修炼，作为天帝教民育子之使者来拯救族人的巴国先圣。

张国盛 摄

猊峰寨的北门瓮城据说是一处真正的老古董。为什么在广安城外的小山上会有这样一座石城？它是像前锋区的大良城、虎啸城、华蓥的章广寨那样，是宋蒙战争的遗产，还是明清时期为拱卫州城修建的前哨城堡，抑或是像邻水五华山的五华寨那样的地方豪族为防匪患而修筑的城寨？巴人石头城的景区指南就像口吐莲花一般不足为凭，《广安州志》关于十六景之一“猊峰神宇”的介绍又语焉不详，

刘祥 画

赵春宏 摄

甚至根本没有提到这里有座城，当年猊峰寨的真相对我来说至今还是一个谜。

新修的猊峰寨上，有蛇龙塔、南北望楼等巍峨的碉楼，环形城堡夹层中的城防暗道可能借鉴了武胜宝箴塞的巧妙设计，可以连接四方碉楼和城门以及地宫和秘密出口。城防街和龙头寨一样，展示了很多精美的老家具、牌匾和建筑构件，值得细细玩赏。古朴庄严的龙泽寺据说始建于北宋末年，曾经香火盛极一方的，不过“龙泽寺”这个名字却也是近年重建时新取——据旧志记载，猊峰山的古刹原在山下，后来移修到山顶，寺名一直叫作“甘泉寺”。

介绍和评价巴人石头城，其实是一件很感纠结的事。漫步其中时，一方面，我时时对这座仿古城堡的设计营造水平感到钦佩，由衷地喜欢那里丰富的文物收藏；另一方面，又对旅游指南和导游煞有介事地把那些真真假假的巴人传说附会到每一处景点感到不以为然。应该说，那精心结撰的一整套营销文案之精致巧妙、文采斐然，完全配得上景区建筑园林的水平，然而，在明知巴人历史扑朔迷离，具体事迹和遗迹渺不可寻的游客听来，不啻梦呓或者连篇的谎话。

见过这么成篇撒谎的景点，却没见过这样成篇撒谎却叫人看着欢喜的景点。这让我想起一则民国掌故——学者郑振铎看了作家老舍的古董收藏说“全该扔”，而老舍回答“我看着舒服”。广安城南神龙山上的巴人石头城景区，就是这样，它不是真的巴人古堡，连恢复、重建都谈不上，它就是仿古加创作，但它就是像老舍收藏的假古董，或者像金庸小说一样，让你明知不是真的却就是喜欢，就是看着舒服。

在我看来，这个景区与其像它的旅游指南中所宣称的，说是“中国唯一的、恢复最完美的巴国古城堡遗址”，不如坦言，它就是一处出自现代人之手的非常优秀的古城堡式仿古建筑群和郊邑园林杰作。当代巴人艺术家和能工巧匠依据自己的历史认知和艺术想象，以这样一种方式，这样一件作品，向曾经生活在这片土地上的土著先民表达敬意和缅怀。在这个意义上，我认为巴人石头城不错，并乐于推荐朋友和读者到此一游。

同时，我也愿不揣冒昧，建议这个景区不妨划出一小部分建筑，做一个真正的巴人博物馆——搞不到巴人遗物，用图片影像和文献资料来展示权威的巴人研究成果、成绩卓著的巴文化研究学者也是好的。加上它本身已经称得上一个巴蜀老家具和建筑构件的民俗博物馆，巴人石头城完全可以是以优秀的仿古建筑园林为场景，两个特色博物馆为内核，向土著先民及后世研究者的探索精神表达敬意的一处有永久魅力的人文重地，而不像现在：成功的景观设计传递出的匠人精神令人感佩，精致的宣传文案透露出的商业气息则令人不悦。现代人获取信息如此之易，不比从前信息不对称的年代你宣传什么人家就相信什么，故此不如真诚相见。

场镇老街，那些漂在岁月之河上的旧航船

就像人无法预知自己明天的命运，当年位于交通要冲、水陆码头的场镇老街们也不知道各自将会迎来怎样的改变。唯一确知的是一定会改变。

在华蓥的偏岩子新村，在武胜的“白坪—飞龙”乡村旅游区，在川内外许许多多先行一步的“新农村”，人们已经清晰地听到了中国农村面貌大变革、大改造时代阔步而来的跫音。场镇老街，这些珍藏着无数人的集体记忆和岁月奥秘的时光相册，这一座座保留着明清、民国至今多重年代的露天建筑博物馆，这包蕴着巴蜀民俗史、商业史、文学艺术史乃至一代又一代人的生命史的活的图书馆们，终将改变。

如果人不来改变，时光也会来改变。

肖溪古镇："川东版的博洛尼亚"

建于明末清初、至今400余年历史的肖溪古镇，当年既是渠江上繁盛的水码头，又是一条自巴中通往重庆的巴渝古道的咽喉所在，镇子南北两头狭窄，中间宽阔，远观其全貌像是一条船。因这条大船不在水中，当地人说它是一条"旱船"。

肖溪这条船虽然不是漂泊在水中，却可以说是漂泊在岁月的河流上。在快节奏的现代，渠江水运早已停了，水码头的繁华喧嚣不再，高速公路通了，千百年的石板古道上不见了行脚的骡马和滑竿，1990年以后，政府在钟家岩上规划新建了设施齐全、舒适方便而且远离水患的集镇新区，来老街赶场的人也少了，肖溪这条古旧而完好的"旱船"清闲地搁浅在那里，任人摩挲和凭吊。

这一天肖溪不是赶场日，青石板铺地的老街上静悄悄的，隔不远有几个老人或妇女坐在门前做零活，打毛衣的、纳鞋底儿的、端着筐箩捡菜叶的，小孩瞪着大眼睛上下打量着挎着相机的外人，身子躲到门廊下的原木大柱子后面去——长长的柱廊是肖溪古镇的一大特色，家家的房前都修建了宽敞的门廊，集市贸易都在廊下进行，中间街面则只是过道，过道上空大部分被廊檐遮住，只露出窄窄的一线天。这种独树一帜的设置让我想起了名车兰博基尼的故乡、号称意大利美食之都的博洛尼亚，遍布全城的临街遮雨长廊也是当地人的骄傲。肖溪的规模没有那么大，但柱廊的功能、创意以及全镇人同舟共济、遮阳挡雨的高尚用心是一样的，而且不同于西式的石头拱廊，小青瓦、原木柱子在岁月中尽

肖溪古镇　唐明 摄

肖溪古镇 唐明 摄

显沧桑，尽显轻盈而阴柔的南方味道。

几百年前的肖溪人是怎样决定一致行动，把全镇修成一个船形并用宽敞的柱廊把镇子连成一体的呢？这中间宽阔、两头细窄的船形，关闭东西南北四门后即可整体封闭，是当初出于防匪的精心设计吧？建镇之初有一个整体的规划和约定吗？是基层官吏作出了指令，还是“湖广填四川”的新移民带来了他们故乡的特色？一本介绍巴蜀文化的专著中提到，在川中的犍为县有个罗城古镇，街道两侧也有宽敞的门廊，小镇形状也像一条船，这两条“船”在历史上有什么隐秘的联系吗？

独特而神秘的肖溪留给游客无限的遐思和种种疑问，我们正站在老街的尽头交换各自的肖溪印象，一个六七十岁的老者径直朝这边踱过来，他腿脚不甚灵便但步速很快，来到近旁突然高声发问：“老杨，你还记得小学堂前面的石狮子吗？”没有任何铺垫，我们的向导、曾任肖溪文化站站长的杨德明老师吓了一跳：“哦，记得，记得。”不请自来的老者同杨老师打过招呼，开始兴致勃勃、如数家珍地回忆起古镇当年：“以前渠江的水高，维新桥下可以走船哦！维新桥上雕的川戏人物好精美，两边有龙头龙尾，桥底下石碑上的字还可以看得清哦……”老者说的这座老石拱桥是连通老街与民国时期中西合璧的新街和半边街的唯一通道，如今桥下已经被芦苇和蒿草吞没，很难走近细看了。

往回走时，我忽然想起来问了一句：“老桥是什么时代的？”杨德明还未及作答，身后传来老者洪亮而自豪的高声答复：“清朝道光元年！”

顾县老茶馆：一方八仙桌，便是桃花源

“川东版的博洛尼亚”、以街道两边的原木柱廊为特色的肖溪古镇保存十分完好，而且未经大规模的现代改造和开发，堪称一座

被时代原貌封存的露天建筑博物馆。几十公里外的岳池顾县老街的建筑风貌显然不及肖溪完好，但在我这个外来者极为有限的旅行印象中，彼处却更为完好地保存了旧日场镇的原生态和现场感。老茶馆里气定神闲的老人们仿佛已经与时光两相遗忘，我和几个朋友无意中做了贸然闯入的武陵人，而昏暗的穿斗房里那一张张被茶水反复浸泡过的八仙桌，便是顾县老街那些喝茶老人的桃花源。

自唐玄宗开元二十年（732 年）迄今 1200 余年以来，顾县是镇不是县，因更早之前曾经做过岳池县城而称“故县”，民国时取回顾之意，更名“顾县”。和肖溪一样，顾县镇政府和商业都集中到新街去了，留在老街的是为数不多的店铺和不便出门打工的老弱妇孺。

我来到顾县时大约上午十点来钟，同样并非赶场日，本以为老街上会很冷清——街上确实有些冷清，但茶馆却出乎预料地保持着永恒的热闹。一家招牌就叫作“老茶馆”、内部悬挂着“杨氏宗祠”木匾的老茶馆人气最旺。老板娘拎着一壶开水侧身穿行在人群中热情地招待着，一碗茶便宜的一块两块，好茶不过三块五块，随意续杯，任你泡上一天。漆面已经磨光的木头八仙桌、长条凳，土砌的老虎灶上黢黑的镔铁壶“哧哧”地冒着热气，打麻将、看纸牌的有一两桌，大多数桌子上围坐的是纯喝茶、摆龙门阵的老人，从那熙熙攘攘的场面一望便知这里绝不只聚集了镇上的老人，而一定是有许多远近乡邻不论赶场不赶场，一大早就像上班或者开会一般从四面八方云集而来。

“老牛角”茶馆革命前的原主人一准是个富贵人家，穿斗式结构的三层木楼开间宽敞，进深约有二三十米。前厅里供着“天地君亲师”，天井中养着几盆菖蒲，灶台后面的屋顶上挂着香肠腊肉。

肖溪古镇街景　广安市旅游局提供

二楼围着天井四周是一家人的卧房，雕花大床虽然古旧可还看得出昔日的气派和精致。三楼外建有走廊，凭栏可以望见半个镇子的小青瓦屋顶，当年没有周围的高楼遮挡，应可远眺镇外的青山绿水、翠竹和稻田。

临街一个并未悬挂字号的刻字铺子里，我们见到了一对红光满面、耳聪目明的夫妻老寿星。文质彬彬的陈功完老先生十几岁时为逃避军阀抓壮丁，和小伙伴到重庆学了刻章手艺，至今不辍刻刀。陈先生说，常有扛照相机的游客邀他们二老照相，并搬出成都客人新寄来的装在大镜框里的肖像照为证，看那神采奕奕的书生气质，除了未留大长胡子，像极了齐白石那幅有名的晚年自画像。问其高寿，先生只说九十多了，年纪小几岁的陈夫人记得自己是丙寅年生人，我算了一下，应该是 1926 年——国民革命军出师北伐之年。

沿口古镇：追寻南方回民迁徙的足迹

号称“川东第一古镇”的武胜沿口古镇濒临风景如画的嘉陵江，就在新县城边上。20 世纪 80 年代县城为了躲避水患向地势更高处外迁发展，沿口失去了曾经的区域中心地位，上苍给它的补偿是，全镇的古建筑得以像标本一般完好地保存。

昔人已乘黄鹤去，此地空余黄鹤楼。1949 年后至 20 世纪 80 年代曾是武胜县城关镇的沿口古镇今天和别处的场镇一样，平时只居住一些本地的老人和妇孺，并且由于紧邻新城，大部分人家在城里的现代小区买了楼，搬出了古镇，街道上平时显得冷清而苍凉。直至我们去时，旅游开发也还没有真正大规模启动，所以闻声而来的游客评论不一，不喜欢的人嫌它不像个“景点”，喜欢的人心怡的也正是它保持着建筑和本地生活的原始生态。

在我的印象里，沿口古镇相对那些常见的只有一条老街的场镇，除了规模更为可观，至少还有两点个性使其别开生面、卓然秀出。作为嘉陵江流域第二大回民聚居地，沿口有独特的穆斯林印记可供追寻，这是沿口的第一个独特之处。长仅五百米的半边街上矗立着马家、黄家两座清真寺，可见当年回民的众多和伊斯兰教的盛行。来到著名的马家清真寺，但见山门造型古朴典雅，大殿的屋顶是中国传统的重檐歇山式叠梁构架，而室内装饰则极具伊斯兰特色，折射出汉回文化的深度融合。此前，西北而外，我只在北方的京杭大运河畔见过诸多回民聚居的城镇，四川盆地的青山绿水间还有回民

沿口古镇 广安市旅游局提供

沿口古镇 唐明 摄

沿口古镇酒厂 赵春宏 摄

的聚居，真是从没有想到过的事。平和而坚定的回族兄弟在南方迁移的足迹耐人追寻，他们是从陕西过蜀道而来，还是从东边溯江西上进入嘉陵江的呢？据清真寺里的老阿訇讲述，此地回民多为明末清初从湖广地区来川经商的，初以宰牛、贩卖牛肉为业，后来渐渐从事码头搬运、船只运输等行业的工作。乾隆四十三年（1778 年），马、黄两大姓的回民家族在沿口古镇分别建起清真寺，从而吸引了更多的回民来此安家落户。

沿口古镇濒临风光如画的嘉陵江依山而建，街巷房屋高高低低错落有致，地势的起伏和环境的优美是它第二个得天独厚的优势。胜利街是一条长约五百米的石梯小巷，连接山梁上的石家湾与下面的河边街。走在爬满青苔的石头阶梯上，青瓦房鳞次栉比地排列在秀丽的山谷中，翠竹和古树掩映着穿斗木结构的民居许多已是人去楼空，古巷清幽，人迹寥寥，大有恍如隔世之感。山顶上的民主街细长幽深，一直延绵到太平铺。在一处人家的木窗下凭高眺望，南面竹木葱茏，古镇状如苍龙，背面夕阳斜晖洒在嘉陵江面，江上轻舟摇曳，光影粼粼，如入仙境一般。

协兴场：承载小平童年记忆的老街

距小平同志故居仅 1.5 公里的协兴老街，街口竖立的景观石上朱笔写着“协兴场”。“协兴场”逢二、五、八举办，每月九次，不过，拜毗邻城区和小平故居的地利所赐，即便不是赶场天，也常有游客追寻着伟人脚步到此一游。也是因为这个关系，协兴老街得以完好的保存和修缮，比其他场镇老街更整洁，更有生机，或者说，它在不可避免地深入现代之后，过上了健康的新生活，在川东老场镇中是一个新旧交融的典范。

老街长大概不到一华里，和别处老街一样的穿斗式木房子，小青瓦，因年代久远而木色变深、变黑的梁柱和门窗，大红灯笼和红边黄底儿的商号旗，不一样的是家家户户屋里无一例外地张贴着小平同志的照片画像，显示着本地人对小平的深深感念，以及这条老街和邓家父子深厚的渊源——小平的父亲邓绍昌曾是这条街上的风云人物，他在协兴场教过书，开过茶馆、饭庄，先后做过“哥老会”的三爷和“掌旗大爷”，以及协兴乡的团总、乡长，他与众袍哥聚义的“聚义园”至今仍在，他工作过的协兴乡公所也还在。而差不多就在乡公所的斜对过，坐落着小平同志的母校——北山小学堂，小平的父亲也曾参与了这所协兴场第一座新式小学的创办并在这里教过书。1911—1915 年小平（学名邓希贤）在这里读初小，现在，这所乡初级小学因为培养了这位改变中国命运的知名校友已经被列为全国重点保护文物。

整体而言，在广安的场镇老街中，“协兴场”稍稍更像一个景点，但即使这样，如果同省外的那些成熟、知名的旅游古镇比起来，也还远远不够商业化和“景点化”，而是依旧基本保持着传统巴蜀场镇的本色。

也许这正是四川人的保守和倔强的体现吧。古镇老街资源丰富而珍贵，然而开发和包装不够，还没有充分变现为财源。然而实际上也不必着急，历史的发展终将证明保守倔强和灵活善变哪一种品质更为可贵。或者说，历史就像小平同志三落三起的人生故事一般充满着戏剧性和必然性，它终究会给保守倔强者显示价值的时候。当许多声名显赫的景点在建筑的过度改造和旅游的滚滚人潮中，地方改变了本来面目、人失去了纯朴本真之后，人们日益发觉那些封存至今的待开发资源的难得和宝贵。

其实，假如把老场镇比作漂泊在岁月之河上的船，那在广安又远不止有肖溪、顾县、协兴、沿口这几处呢；华蓥市的永兴镇，茶馆的兴旺较之顾县老街有过之而无不及；岳池县城内，既有文庙外声势浩大、生意兴隆的帐篷茶馆，还有破败不堪、岌岌可危的北街；广安区除了协兴老街，还有龙台古镇、石笋古镇、凉亭老街……从前，这些场镇老街是乡村生活的中心，是光鲜亮丽的主角，它们生机勃勃，踌躇满志。川剧的班社在不同赶场期的场镇间流动演出，山里山外的大事小情在赶场天的茶馆像背上降落伞的蒲公英，风一般吹遍四邻八乡、千家万户……而今，交通的格局发生了巨变，水运原本就慢，

协兴老街 广安市委宣传部提供

大江大河被水电站驯服和阉割后就更跟不上时代的步伐，新的明星城镇由铁路和高速公路催生，大量曾经位于交通要冲、水陆码头的古镇老街风光不再，因此，它们就像是一批熄灭了马达而还尚未找到确定的抛锚地点的老船，是“漂”在而不是自主地航行在岁月之河上。等待它们的会是怎样的明天呢？诸多的场镇老街会像协兴老街那样得到完好修缮，甚至更加商业化、“景点化”，还是像岳池北街那样无奈地破败下去？

在肖溪古镇，柱廊下坐着闲聊的大嫂同我们搭话调侃：“拍，拍，莫总是来拍照噻，好久（什么时候）来开发嘛？”在岳池北街，也有老乡问“好久拆嘛？”他们似乎把所有捧着相机的外来游客当作政府派来的调研人员，抓紧一切可能的时机表达对发展、改变的期待。

那些坐在顾县老茶馆、岳池文庙外边的露天茶摊、华蓥的永兴古镇喝茶的老人们，恐怕是最后一辈如此自由放松的饮茶人了吧！他们在不赶场的日子像需要上班打卡一般需要集会饮茶，这种顽固坚持的散淡中其实也包含着一丝悲壮和苍凉。这本是真正的乡村田园式的生活：农忙时挥汗如雨，闲暇时就是老天爷给自己放的大假。这也是真正的四川人精神：劳作的时候他们最勤奋最投入，享受生活的时候他们最大度最酣畅。我只是有些担心，当这一辈老人老去、凋零，赶场茶会不会随之式微、消失，他们的儿孙会不会像我们一样为物欲和时尚所牵引，变得心事重重、急急火火坐不下来？

这是最后的原生态，也是活色生香、活在当下的巴蜀风、民国范儿，在场镇老街容颜苍老而遗风犹在，大规模的改变将至未至之际，在那些活过几个时代的老人们日日集会喝茶的日子里，你一定要去，去喝茶，去拍照，去徜徉，去发呆。那些漂在岁月之河上的场镇老街，它们不是景点胜似景点，它们像桃花源一样，一旦告别，将永难寻觅从前的入口。

冲相寺摩崖造像：一场关于虚空的历史隐喻

从肖溪古镇沿渠江上溯五里许是冲相村。村因古寺而得名，寺名则是唐初时朝廷钦赐的，在网上搜“冲相寺”，搜不到重名的第二家寺庙。何以叫“冲相寺”，“冲相”两个字是什么意思，也不见人解释，于是我只好自己冒昧地臆断：冲，当是虚空之意，正如《道德经》“大盈若冲，其用不穷”的用法一样，如此，“冲相”也就是“空相”——依佛家，一切有为世相，皆是缘聚则生，缘散则灭，变化弥常，执捉不住，如梦幻泡影，如露亦如电。

大彻大悟的佛家果然看得彻底，缘起性空、变化靡常的定律，连冲相寺以及寺后定光岩那蔚为大观的佛菩萨造像们都不能例外。

冲相寺　唐明 摄

南方的树种我不熟悉，山崖前这两株或许就是四川最常见的那种黄桷树吧，左右两株仿佛是分侍佛陀两侧的胁侍菩萨，都不甚粗，但都极高大颀长，因与峭壁为邻，要接受阳光的爱抚就只有直直地向高处长。我仰起头，视线离开山崖上无数残损的小佛窟，看见黄桷树秀挺的枝头在春天里吐出一簇簇新绿，阳光照射下像无数透明的小手，这些在风中招摇的小手们后面，四层错列布局的佛窟的最上一层，4 米高的定光大佛神态安详地端坐在一个长方形的龛窟里，头饰螺髻，身着 U 形螺纹袈裟，背后环环发散的日月佛光仿佛正带给人间无限光明。

冲相寺定光岩太阳菩萨王　广安市旅游局提供

定光佛有一个一般人更为熟悉的名字：燃灯佛，也就是很多佛教寺庙供奉的“三世佛”中的“过去佛”，佛经上说他一降生即周身有光如灯。冲相寺和定光岩，自古为定光古佛道场。在现存的大小50龛、400余尊大部开凿于隋唐时期的佛教造像中，这座位置最高、体量最大、当地人称其为“太阳菩萨”的定光佛雕像是保存最完整的一尊，基本上也可以说是唯一完好的一尊。

其余毁于“文革”。有些已整体凿去，多数只敲掉了佛头、夷平了面部，人力在瞬间可以造成的破坏程度，大自然的风刀霜剑上千年的剥蚀都无法企及。

刘祥　画

“太阳菩萨”本来也是在劫难逃的，据说是因为一场神佛显灵般的神秘天象让红卫兵心生恐惧，才得以幸存至今。话说当年的破坏行动即将大功告成时，天色将晚，定光岩石窟造像只剩下这尊离地17米高的定光古佛了。人们计议已定，准备第二天派人爬上岩顶的老黄桷树，用绳子吊着垂下去铲除这尊最大的佛像。不料，是夜电闪雷鸣、暴雨如注，天亮后人们来到这里时，岩顶的老黄桷树已经被暴风雨摧毁了。

今天的人无法理解当时人的凶狠和冲动，不看僧面看佛面，既然你视宗教为迷信，佛面也全然不给了，可否给历史和文艺一点尊严，对文物价值和艺术价值高的雕像手下留情？不，绝不可以。大家“革命”热情高涨，一切代价在所不惜，决心坚定而无可动摇。能够一夜之间让人们稍稍冷静下来的，竟然终究还是对神佛有灵的担心，以及在他们看来随时可能要发生的“现世报”。

可惜，这样及时赶到的灵验巧合毕竟太少了，否则世间许许多多破坏和作恶都绝对不会发生，定光岩造像群也不至于损毁如此惨重。迷信的人也许会说，定光佛是此间最大的造像，眼看要迫害到他了，他于是用法力除掉了那棵可能助纣为虐的老黄桷树。可是，谁能相信当其他数百尊佛菩萨雕像遭毁时，定光佛会忍心视而不见呢？佛不会是这样一个事不关已、高高挂起的自了汉吧！况且，佛菩萨们的造像并不会因为体量大就有法力自卫，体量小就神通小得只能任人宰割吧！再说，当你看过了岩壁间那一座座残损的佛窟，一定会同意我的印象：古朴简洁的定光佛造像虽然最大，却绝不是最精美的造像，在被破坏的造像中，耗费了更多更高明的艺术家和工匠心神的艺术杰作还多着呢！

你看这一龛表现“净土变”的群雕：佛结跏趺坐于莲台，弟子、菩萨侍立于荷叶之上，荷叶大有出淤泥而不染之势，龛壁顶置华盖，宝光闪耀，想象中西方极乐世界楼阁高耸，七宝诸树正如《无量寿经》所描述的“茎茎相望，枝枝相准；叶叶相向，华华相顺，实实相当，荣色光曜，不可胜视……”；你看那衣带飘飘、翩翩起舞的飞天，其灵动、自然，较之敦煌壁画中的飞天毫不逊色；这一对守卫在洞窟两侧的金刚力士，虽然风霜剥蚀得有些厉害，但那微腆的肚皮、粗壮的脖颈，是不是可以联想起龙门石窟那沉雄勇武的唐代力士？不同佛龛那精雕细琢、风格各异的龛楣也足够引人瞩目，外廓有的呈桃形，有的呈椭圆形，装饰或以波浪回纹，或以卷叶莲、缠枝忍冬纹，还有的纹饰是镂空的；还有那红红绿绿的天然颜料，色彩历经千余年依然绚丽动人……

与佛菩萨们的造像所遭受的惨重破坏比起来，定光岩的文字题刻要幸运得多。这些出自古代僧人和官员之手的文字同属理当砸烂的旧世界，但相比佛像，毕竟不那么惹眼，所以许多石刻并未受到人工搅扰，至今清晰可识。我们匆匆一过，印象中保存较好的多为唐宋碑刻，内容有记载礼佛的，有记游留念的，还有地方官鼓励农耕的，比如一块南宋刻石记载了隆兴二年（1164 年）开春，渠州何椝太守接到皇帝的劝农诏，在冲相寺召集父老宣谕圣旨、勉励农桑之事，书法仿黄山谷字体，雄放俊逸而且非常清晰，仿佛昨日刚刚镌刻上去的一般，细细地读完，玩味书法意犹未尽，忽然觉得如果此时在山崖前轻唤一声，太守和众百姓会闻声回转来与我们叙谈一番。

唐代碑刻之中，有一篇刻于唐开成四年的记游文字，文末署“乡贡进士青阳棨记”。归去后查晚唐笔记小说《本事诗》的作者孟棨的资料，年代是相符的，而且“棨”这个人名并不常见，如果真是孟棨，《中国文学家大辞典·唐五代卷》中的相关条目将可以稍稍得到补充。我想，那碑刻后面应该是包含所有同游者以及作者姓名和职官信息的，可惜当时行色匆匆未加注意，现在不知何时再有机会去落实这条小小的猜想了。

摩崖石刻群　赵春宏 摄

定光岩的佛教造像多为隋唐时代开凿，文字题刻多为唐代、宋代所刻，元明清遗迹则极少见，这证明由隋到南宋这几百年便是冲相寺持续兴盛的年代。而据山崖上一方刻于五代前蜀乾德元年（919年）的极为宝贵的冲相寺《田业界址图》显示，唐末至五代的冲相寺有殿堂及附属建筑二十余处，在渠江上下绵延数十里。

在这片今天看来普普通通的乡野之间，究竟是何种缘分的聚合，促成此地生长出一座巨大的佛寺，聚集起数千尊佛菩萨的精美造像呢？可想而知，这样殿堂众多的道场和绵延数百年的造像工程，单靠平民百姓的虔诚和勤奋是支撑不起的，它背后代表着富庶和喧嚣，一定有人，而且是达官贵人和富商在附近聚居或经常性地行走！

毫无疑问，渠江，沟通渠州（今渠县）、通州（今达州，初唐曾置总管府、都督府，中唐元稹任刺史时与江州白居易的“通江唱和”在文学史上传为美谈）和渝州（今重庆）的这条川东北地区的重要水路一定便是答案之一，河流带来交通之便，于是人口、财富和资源得以集散，成规模的文化创设成为可能；而另外一条值得注意的线索是，在渠江下游距冲相寺的直线距离仅约十华里处，今天的肖溪镇王坪村，一座城池的兴废年代与定光岩的造像运动的持续时间基本上完全重合。隋朝统一全国后，賨城县治地迁至王家坪（王坪村的旧称），后曾改称始安县、渠江县，历时 364 年，到北宋开宝二年（969 年）设广安军时，县治迁往浓洄镇（今属广安区），此后，王家坪渐渐沦为泯然众矣的普通乡村，但它作为县治的时代，正是定光岩持续开凿的年代。岩壁上丰富的宋代题刻表明，县治迁走后，尽管乡村百姓已经无力支撑造像事业，但冲相寺的宏大规模和旺盛的香火在两宋时期得以延续，这里仍然是州官下乡视察时集会百姓之地、渠江上南来北往的客商及周边文人雅士的游赏之地。

而今的定光岩下，一座清康熙年间重修的大雄宝殿，一座 1948 年修建的左厢房，加上 2000 年前后修建的山门和牌坊，便是冲相寺的全部建筑，寺中不知有无僧人常驻，平日也很少有人来烧香或游览。历史上曾经极为恢宏的一方佛教名胜，由农田环抱，芭蕉、凤尾竹、黄桷树重重掩映，成了一个幽静得有几分寂寥的所在，不了解它的人站在寺外看，仿佛这只是一座不起眼的寻常寺庙。

实际上，“冲相寺”这个名字以凡人的迷信眼光看似有几分不祥，世间有为之相皆是镜花水月般的虚空，仿佛注定了此地繁盛一时的佛教事业终将归于沉寂。古寺的兴起与衰落、石窟造像工程轰

寺门　赵春宏 摄

寺内牌楼　赵春宏 摄

轰烈烈的开启和“文革”中的严重破坏，像是一个历史的轮回和隐喻，从头至尾诠释了佛门所讲的一个“空”字。参禅的人到此，大概会对佛家所言的虚空产生无比深刻的领悟和认同，以佛菩萨的无上声威，以石头造成的坚固造像，在历史上时有发生的大规模佛难来临时，尚不免毁灭的巨劫，我们一己的臭皮囊又算得老几，人生的种种执念又算得什么？世俗的凡夫到此，目睹佛门圣地也像世间有情诸生一样忽而兴起、忽而寂灭，顿觉一切神道设教皆是多余，不如回到夫子不语怪力乱神的自家传统，好的福报、坏的报应，干脆都不去管它，只需踏踏实实地恪守着内心的仁义，好好生活，勇往直前。

白坪—飞龙：化茧成蝶的美丽山乡

起伏的丘陵上亮光光的水田，东一片西一片的油菜花，一丛丛一簇簇凤尾竹，间或有更具南方风情的芭蕉树掩映着灰瓦白墙的民居，房前屋后有几树粉色的桃花、白色的梨花或者李花……川东乡下的春光原本就是安静秀美的。武胜的白坪—飞龙新农村则是本已很美的川东田园风光的升级版，同时，很可能也是中国未来乡村面貌的一个现实样板。

来到武胜之前，在大江南北的行走中我已经见过几处地方，这些先行一步的美丽乡村给我一个强烈印象是，过去新农村建设中常见的那种修修马路、拉起白墙、画点宣传画的表面文章已经过时，

白坪新村　唐明 摄

高洞村　武胜县旅游局提供

随着政府的大力投入以及城市商业资本转入乡村寻找新机，中国农村真正的改天换地、华丽转身的进程已经开启。现在，我们的都市与发达国家看上去相差无几，差距在乡下；未来，我们的乡村将在基础设施、生态和人文环境、风情风貌等各个方面，经历一个全面发展、化茧成蝶的过程。这个过程正在发生。在四川，武胜的白坪—飞龙就是一个明确的例证和坐标。

橙海阳光：行走在未来乡村的样板间

我想，真正全面发展、实现华丽转身的未来乡村，就外在风貌而言，将不再是只有几处光鲜亮丽、拿得出手的“示范点”，而是一种整体的丽质天成、随时随地的无限风光，既有光彩照人的“点”，更有风景如画的“线”和“面”，而且，没有贫穷落后和脏乱差的“死角”。眼前的白坪—飞龙旅游区基本上可以给人这样的印象，尽管我们知道每一处率先美丽起来的乡村都不免有自己的问题和局限。

整个旅游区包括武胜县东北部的白坪乡、飞龙镇、三溪镇 3 个乡镇，面积 50 平方公里，从南向北划分为花样年华、橙海阳光、四季花海、丝情画意、开心农场、金色大地六大景区，每个景区都有别具一格的秀美风光和体现自身优势的产业布局。

中国十大最美乡村——白坪乡高洞村　文伟 摄

刘祥 画

印象最深的首先是位于白坪乡的“橙海阳光”景区，我来时有幸正赶上第八届四川省乡村旅游文化节，旅游节的主会场就设在这里。这个号称“中国西部最甜蜜的乡村”的去处，农民住的村子升级成了“甜橙新村”，给客人住的乡村别墅式旅店叫“橘子红了”，商业街区叫作“橙意商业街”，村民广场叫作 “桔源广场” 。广场后面是由中国柑橘研究所和武汉的一家公司联合规划设计的数百亩柑橘博览园，种植了金柑、宽皮柑等六大类60多种柑橘，连路边的景点指示牌的造型也是一片片横切开的甜橙剖面，“创客乐园”里有牛拉橘车以及柑橘拼成帆船、蘑菇等。许许多多使用柑橘元素的创意小品，真让人如同置身于柑橘的海洋，被重重包围在无边的甜蜜里。

下坝记忆，如同一座露天的民俗博物馆，用恢复重建的老建筑和各种从农民手中收罗来的老物件，再现和纪念着如风逝去的过往。是啊，不能把过去的一切弃之如敝屣，我们需要一个能触动内心和打捞乡愁的地方，这片坝子可以让不同年龄的人各得其所，这里精心设置的“建筑时代秀”以及相应年代的家什摆设，好像一座座定位到不同频段的时光机器，能把我们送回到各自的童年：四十年代以前的土坯茅草房、四五十年代的木架穿斗房、六七十年代的砖石结构房，穿行其间的人，就像在不同的历史时期之间穿越、重访、缅怀。

丝情画意：竹丝画帘上邂逅外国友人

“丝情画意”景区，覆盖飞龙镇的卢山、河尔口、柳树三个村，辖区面积 4 平方公里。“丝情画意”这个名称，来自卢山村的一项神奇的特产——竹丝画帘艺术。这是一种在竹帘上作画的民间艺术，竹帘以本地盛产的慈竹和蚕丝经七十余道工序手工制成，竹帘色似绢绸，既可画山水、人物、花鸟等传统国画，亦可以油彩绘制西洋油画。卢山村是竹丝画帘的发源地，并于2000年被文化部命名为“中国民间艺术（竹丝画帘）之乡”。2014年，卢山村还获得了农业部评选的“中国最美休闲乡村”称号。

乡村旅游文化节上，几位最卓越的竹丝画帘画家——国家级工艺美术大师一位、省级大师两位齐聚卢山村的村口现场展示绝

竹丝画帘展馆　武胜县旅游局提供

活儿。那天一下车，我就被摆在草坪上的第一幅肖像作品惊呆了，在竹帘上能像在油画画布上一样画出惟妙惟肖的肖像画本身令人惊叹，可更令我惊奇得无以复加的是，竹帘上画的竟是我相识多年的一位俄罗斯友人！谁想得到会在遥远的四川一座小山村里，以这样一种方式“他乡遇故知”呢？当我万分激动地用手机拍下来，传给那位俄罗斯朋友时，她本人也吃惊非小，原来那是她在北京俄罗斯大使馆工作的丈夫为她定制的礼物！这次小小的偶遇，是我行走中的一件难忘的花絮，由此也足见竹丝画帘这神奇的工艺品真的是名声在外了。

在卢山村的竹丝画帘展馆，我欣赏到了几位竹丝画帘美术大师的更多精美作品，惊异于竹丝画帘强大的内容表现力——那些作品让我由衷感叹，竹丝画帘大师们所做的工作，其实完全超越了传统工艺的范畴而成为纯粹的艺术创作，他们所异于一般画家的，不过是竹帘与宣纸、画布的区别而已。加工车间，竹帘制作工人精湛熟练的编织技艺让我想到了孙犁先生《荷花淀》里写的织苇席的女子，“（她）手指上缠绞着柔滑修长的苇眉子。苇眉子又薄又细，在她怀里跳跃着。”而眼前的慈竹比芦苇质地更硬，要劈成发丝一样细，这活儿的精细程度还要更胜一筹哩！

三溪：在朝门院子和胜天渡槽穿越时光

在白坪乡的白坪、高洞，飞龙镇的卢山等村庄——那是白坪—飞龙旅游区的核心地带，村庄里是现代而不失川东特色的乡间别墅、整洁漂亮的小洋楼，广场边清澈的水塘映照出天光云影，乡间宽阔的旅游景观大道上不时有年轻游客蹬着山地车或是双人自行车悠闲地骑行，道旁每隔不远栽种一株不知是枫树还是什么花树的小乔木，火红火红，十分艳丽。在这样的乡村里逛一逛，恍然产生漫步于未来乡村或者钻进了风景如画的电脑桌面的梦幻之感。

三溪镇的大部分乡村却似乎没有这么精致，这片被命名为“金色大地”的景区更多的是自然本色的大田风光。不过三溪有两处风景是独领风骚、别处无可比拟的，一处是朝门院子的民国风情，一处是蔚为壮观的胜天渡槽。

观音桥村的朝门院子历史可以追溯到明末，清嘉庆年间白莲教起义中被连续数十天的大火化为焦土，民国时期获得重建。近几年来，这个相对于名声在外的那几个兄弟村庄（除前已提到的卢山村名列“中国最美休闲乡村”外，高洞村曾被央视评为2014年“中国十大最美乡村”，白坪村则被评为“中国乡村旅游模范村”），原本显得有些偏远和孤寂的小村落，以其保存得几近完美的民国川东乡村建筑风情迅速吸引了人们的目光。

也许是这个院子的居民当年家境多较殷实吧，整个坝子建有统一的围墙，面南有一处古色古香的门楼，横额上题着“朝门”二字，而且老民居中穿斗结构的木房子不多，大部分是牢固、保温的石头房子。一色的小青瓦，青藤爬满石墙，盘上窗棂，房前屋后翠竹成荫，游客坐在八仙桌前悠闲地打麻将、饮坝坝茶。高粱酒坊里新酒酿成，大酒缸前摆了一些纸杯免费供人品尝，我上前接了一些，仰头一饮而尽，那酒还是温的，醇香而热烈。

这个地方真是让人待不够，不想走，恨不得租个老房子开家客栈住下算了。

游走于武胜乡间的那些日子，我曾数度与气势恢宏的胜天渡槽相遇。这条由十段石拱桥组成的庞然大物全长九华里多，通体由一块块条形方石垒砌而成，因为年代久远而长上了青苔和野草。它逶迤蜿蜒于青山绿水之间，跨越九沟十岭一河，看上去就是一条凌空飞渡的铁路桥，可它架在空中的竟然既不是铁路也不是公路，而是一条河——渡槽宽 3.4 米、深 1.8 米，难道不足以称得上一条河吗？

朝门院子　唐明 摄

胜天渡槽　唐明 摄

三溪朝门影视基地　广安市旅游局提供

这是一条人工托举在空中的天河呀！本地朋友介绍说，这条伟大的渡槽自 20 世纪 70 年代建成之日起，至今仍发挥着输水、抗旱的巨大作用，负责浇灌着三溪、古匠、沿口、街子等 10 余个乡镇的 7 万多亩土地，即使在遭遇百年罕见的大旱时，渡槽所及之处，都全然没有干旱之忧！

也许正是因为胜天渡槽至今担负着踏踏实实的灌溉功能，人们只把它当作实用的水利工程，而少从审美的角度作为景点来欣赏。可在我这个远道而来的北方人眼中，这条凌空飞渡的苍龙和它脊背上架起的天河，毫无疑问乃是白坪—飞龙旅游区内一处重量级的风景，一个真正能震撼人心的天下奇观。

这张家界是阿凡达的故乡，再早些的，不仅有张家界有的是星罗棋布的漂浮的群山、扑朔迷离的梦幻花园，更有一栋栋雕刻精美的，有顶有壁，甚至有门有窗的小房子，当然顶多为半顶，门也都半开，因为阴阳之分，……

上帝在这里，雕刻了最接近人间的自然仙境。

是的，有的人，如最近播放的电影，因仁波齐[illegible]神圣的让人顶礼膜拜，海拔[illegible]来的了，朝圣者和探险之家的神往，有的人，如我花影、武当山[illegible]，[illegible]向寒滿了历史故事，神话传说，让人的心

2

难以清清爽爽的与大自然交流沟通。其实，我更喜欢的不是人工化的山，而是象华蓥山这样，与人们的情感若即若离，似人间又似仙境的山。这样的山，不象峨眉山那样要以金钱为梯子攀爬，1704米的高度，有[illegible]，能可望可攀，依然难得可贵的是，山虽不高，却如仙境，其仙境缘于山上石林，[illegible]，这简直是上帝栽在群山之巅的雕刻工艺[illegible]

人类有责任，山也如此，所以，我愿[illegible]

说到华蓥山与人的情感的若即若离，不仅是它不高不矮的海拔，

因它雄踞川东，大致的山，

华蓥山便是这样的一座山，

[illegible]600余里，

3

四川东部，30多条苍龙脊背一般的山脉，从盆地东部突兀地跳出地面，列为平行的队伍并立于巴蜀天府的东部，这便是世界上特征最显著的褶皱山地带——川东平行峡谷，华蓥山就在这30多条苍龙的最西端，在地理上作为界山分隔开了川中丘陵和川东平行岭谷，成为盆地内最高峰，它还首当其冲地成为了阻挡冬季冷空气的天然巨屏，这是它与华蓥人的以整个盆地人的性情的根。我的老乡郭沫若先生曾推其"天下第一雄山"之说，~~指的不是它1700米的海拔~~，[illegible]它的担当吧，不仅仅缘于它是四川盆地内部的最高峰，也得益于它调节[illegible]人类[illegible]阻挡寒气。

至于神仙为什么选择这里的隋唐开始和乡，这还给了神仙不甚想到城的心境，[illegible]我去古时候的人们，没有近代的汽车，恐怕上山的人也不会太多，否则，那么多的文人骚客，怎么没给华蓥山留下只言片语呢，

4

是拿游了一次远古的海底世界。但还有更好的事情呢，那就是美食。要知道，黄山没有人居住，~~但不代表没有美~~但是神仙也要吃东西啊！~~要不然，黄山有这么多的野味~~？目走在人工开凿的栈道上，随手可摘野猕猴桃，野葡萄莓莓，野樱桃……最多的是野猕猴桃，比我们在超市买的猕猴桃略小些，象~~鸡蛋一大枣般~~我们的P0枣般大小，但吃起来要比平时吃的酸甜多了。有人说猕猴桃是新西兰的特产，殊不知2000多年前，李时珍的《本草纲目》里就有记载：其形如梨，其色如桃，猕猴喜之，故名猕猴桃。这是世界上最早的记载，新西兰1906年才从我国引进种子，不过人家已发展成为世界上猕猴桃最大的出产国，这是值得我们深思的问题。

10

如果千年樟树之树，从夹缝中长出，已是奇迹，那么这棵空心的千年古树，依然郁郁葱葱，据专家鉴定，说是除了青风藤科的一棵灌木，这样的景观，实属世间罕见。

三清山植物种类繁多，木本植物有1??科361种，峰奇、石怪、水绿、令人叹服的三清山，还有两林两海两个美景闻名，那就是石林、杉林、云海、竹海、积雪、日出，这些美景秀丽，……

这片仙境之中……

……使它“千年一吻”了吧？……之前看过了许多树树如生、完形尽相的写实雕塑，无数若有所指又不甚了了的抽象的写意作品，已为工匠精神淹没……

但是，当那两个站在石床上翘首的石人——传说中的幺妹和巴二哥，就那么清楚地出现在面前的时候，先是被上帝的鬼斧神工震了，然后又被那千年之吻和千年吻不到的深情逼出了眼泪。是的，这一组雕塑，从前被看是吻到了，稍移三五步后，却是没有吻到，只有巴巴的渴望了。

这对从古海里地球发生那一刻就定格了的恋人，任凭岁月吹去一层层的衣袂、皮肤，只要心还在，他们便永不放弃，~~我不禁又想起了再生神的故事~~

上前轻轻抚摸着两个人的脚，毕竟人说那嘴巴的幺妹和巴二哥的传说，真的是太久远了，有他们真实的存在，毕竟还需要传说吗？从古海中走来的他们，是"山无棱，天地合，才敢与君绝"的千古传奇，他们的这传世一吻，把毕

12